轉生成蜘蛛又怎樣！

11

作者：馬場翁 okina baba
插畫：輝竜司 tsukasa kiryu

Kadokawa Fantastic Novels

contents

Y1 尤利烏斯十一歲 序曲

小時候，母親大人曾經唸過以勇者為主角的英雄故事給我聽。

我非常喜歡那些故事。

最喜歡的母親大人用溫柔的聲音述說著勇者的英勇事蹟，讓我聽得如痴如醉。

再加上故事主角是以過去實際存在的勇者為原型，讓我把主角當成了崇拜的偶像。

鋤惡扶弱。

我將來也想成為跟書裡的勇者一樣偉大的人，我這麼想。

「嗯，如果是尤利烏斯的話，一定辦得到的。」

聽完我的感想，母親大人面帶微笑，如此說道。

這讓我非常開心，從此以後便立志要跟書裡的勇者一樣堅強，一樣溫柔。

常懷正義之心，絕不容許任何邪惡。

因為年幼的我知道自己無法成為勇者，才會想至少在心態上接近勇者，以無愧於王子的身分。

我完全沒想到自己後來會真的馬上變成勇者。

雖然內心的困惑與不安多過歡喜，但母親大人溫柔地從背後推了我一把。

「尤利烏斯，你只要做自己就行了。因為現在的你，已經是我偉大的勇者大人了。光是有你在身邊，就能讓我得到勇氣。」

天曉得這句話讓我有多開心。

當時的我因為害羞而無法將這份心情說出口。

但我永遠失去說出口的機會了。

母親大人，您就是我的勇者。

因為光是想起您，就能讓我得到這麼多的勇氣。

我按照母親大人的吩咐，在腦海中描繪出自己理想中的勇者樣貌，努力讓自己成為那樣的人。

可是，我最近時常在想。

世上是不是有著光憑理想絕對無法跨越的高牆？

當我撞上那樣的高牆時，又該如何是好？

母親大人，請您賜予我勇氣。

「您要我去查緝人口買賣組織？」

「嗯，正是如此。我想拜託身為勇者的你來負責指揮工作。」

眼前這位臉上掛著和善笑容的老人，正是神言教的最高權力者——教皇達斯汀六十一世。

明明外表像個普通老人，但他身上散發出的神聖感，卻自然展現出一種上位者的存在感。

儘管如此，他那柔和的笑容卻能讓人安心，絕對不會給人壓迫感。

這位教皇就跟人們想像中的聖者一樣，但我並不喜歡他。

這是因為我知道他不是一如其外表般的溫柔聖者。

我第一次踏上戰場，是在那場如今已經成為痛苦回憶的歐茲國與沙利艾拉國之戰。

教皇說那是場必勝之戰，危險性不高，便邀請我去體驗一下戰場的氣氛。

我聽從這位教皇的指示，以歐茲國友軍的身分參加了這場戰爭。

歷代勇者都是在神言教的支援下展開活動。

因此，勇者與神言教之間有著斬不斷的緊密關係。

如果是來自神言教的委託，勇者很難拒絕。

在那以前，對於參加那場戰爭這件事，我並沒有遲疑，沒想太多就答應了這個邀請。

結果，造就了蓋倫領地裡那座城鎮的慘況。

歐茲國的士兵蹂躪城鎮，讓城鎮居民失去笑容，用充滿怨恨的視線看向我。

不光是視線，我還曾經被人丟石頭，也曾經被人毆打。

因為代表全人族的我這位勇者加入了這場人族之間的戰爭，害得身為對手的沙利艾拉國失去了正當性。

只因為勇者選擇站在歐茲國那邊，就讓周邊各國都派遣援軍支援歐茲國。
當我看到那座城鎮的慘況時，才發現自己欠缺身為勇者的自覺。
雖然我個人的力量有限，但勇者這個稱號中包含著歷代勇者所累積的一切。
人們看重的不是我個人，而是勇者這個稱號。
換句話說，成為勇者的人必須背負起歷代勇者所累積的一切。
對此毫無自覺的我被利用了。
而利用我的就是眼前的達斯汀教皇。
「你知道世界各地正陸續發生孩童失蹤事件嗎？根據調查的結果，我們發現一個巨大的跨國人口買賣組織與這些事件有關。為了對抗這個組織，我們神言教組成了一支專門的討伐隊，我希望你能擔任那支討伐隊的總指揮官。」
教皇用溫和的口氣說明著。
我也知道世界各地正不斷發生孩童被綁架的事件。
如果那些事件是人口買賣組織幹的好事，那我就不能坐視。
因為綁架孩童是犯罪行為，買賣那些被綁走的孩童也是無法容許的事情。
前提是，如果有把教皇這些話當真的話。
「請問有那個人口買賣組織的相關資料嗎？我想等看過資料後再決定。」
我沒有馬上做出答覆。

想也不想就聽從別人的指示，參加了那場歐茲國與沙利艾拉國的戰爭，這讓我感到萬分後悔。

所以，我要先用自己的頭腦仔細思考，然後再做出行動。

不是別人說什麼就做什麼，我必須想清楚那到底是不是勇者該做的事情再做出結論。

這也是為了不讓勇者這個稱號任人利用。

「當然沒問題，我之後會叫人準備。此外，部隊的指揮官也說想要見你，如果有時間的話，可以請你務必與他見個面嗎？」

「我明白了。」

我告別教皇，回到自己的房間。

「呼……」

四下無人後，我大大地吐了口氣。

這個聖亞雷烏斯教國是神言教的大本營，有著通往各國的轉移門。

因為這個緣故，為了在出事時能立刻趕到現場，這裡準備了私人的房間供歷代勇者使用。

以勇者身分展開活動的人，無論如何都無法撇下神言教的其中一個原因就是這些轉移門。

只要利用這些轉移門，就能在一瞬間跨越大陸，抵達遙遠的國家。

可以讓勇者立刻趕到有困難的人身邊。

因此，不管我有多麼不喜歡教皇，都無法拒絕與他往來。

我想起教皇溫和的笑容。

在那張和善笑臉的底下，藏著冷酷的為政者面孔。

雖然從那張和善的笑臉無法想像，但只要教皇認為有必要，不管是多麼冷血的事情，他都做得出來。

在那場歐茲國與沙利艾拉國之戰中，我徹底體認到這個事實。

可是，這不見得全是壞事。

因為教皇的行動準則無關個人私心，全是為了神言教。

為了神言教以及信仰神言教的人們。

身為一個上位者，他做了正確的事情。

我甚至覺得他展現出了真正的王者風範。

他為達目的不擇手段。

而那個目的絕對不是壞事。

正因為如此，就算我因為受到利用而吃了苦頭，也無法徹底討厭教皇。

從小看著父親的身影長大的我，很清楚什麼是王者的職責。

我知道王者經常會遇到必須為了自己的國家做出艱難決定的情況。

雖然我不喜歡教皇，也不擅長應付他，但也不至於討厭他到要違抗他的地步。

這就是我對教皇的真實感想。

正因為如此，我才會感到煩躁。

儘管受到利用，還親眼見識了沙利艾拉國的悲劇，我也無法把教皇當成惡人。

教皇只是遵循自己的信念行動，貫徹屬於他的正義。

如果是這樣的話，那正義到底是什麼？

我不明白。

我到底該怎麼做才對？

聽到叩叩叩的敲門聲後，我的意識便從思考的漩渦中被拉回現實。

「請進。」

肯定是有人把我剛才拜託教皇的人口買賣組織相關資料拿過來了吧。

懷著這種想法回應後，意想不到的人開門走了進來。

「打擾了。勇者大人，好久不見。」

一名氣質高貴的中年男子以優雅的身段向我行禮。

那種優美的動作與時尚的服裝告訴我，他是高位的貴族。

然而，即使穿著衣服也藏不住的精悍肉體，卻也如實地述說著這人擅長戰鬥的事實。

「迪巴先生！好久不見！」

他是身為帝國貴族兼軍人的迪巴先生。

也是在沙利艾拉國關照過我的人。

「是啊，看到你這麼有精神我就放心了。當我聽說羅南特大人對你亂來的時候，差點就要被嚇死了。」

聽到迪巴先生半開玩笑地這麼說，我只能回他幾聲乾笑。

因為我當時真的以為自己會死。

我至今依然會夢到全身著火放聲大笑的師父。

不行。

一旦我試著仔細回想，身體就會不自覺地顫抖。

「對了，迪巴先生，為什麼你會在這裡？」

為了轉移話題，我說出一直想問的問題。

迪巴先生在帝國是地位相當崇高的人。

不會沒事跑到這種地方。

「咦？你沒聽說嗎？我現在是人口買賣組織討伐隊的指揮官。如果你接下總指揮官的工作，我就會變成副官。如果你不願意接，那我應該就會擔任總指揮官了。」

得到的答案出乎我的意料。

「迪巴先生，你要率領神言教的部隊嗎？」

迪巴先生是帝國軍人。

雖然帝國的主要信仰也是神言教，但讓別國的人來率領部隊，照理來說應該是不可能的事吧？

「嗯，你會感到疑惑也很正常。可是，這次的事件比較特別。讓我詳細解釋給你聽吧。」

說完，他催促我坐下。

我聽從指示坐在用來接待客人的沙發上後，迪巴先生也在我的對面坐下。

「你先看看這個。」

說完，迪巴先生遞出一疊寫有某種資料的紙。

最上面那張紙上寫著幾個國家的名字，國名旁邊還寫著一些數字。

「這是疑似被人口買賣組織抓走的失蹤者人數。」

「居然這麼多！」

我忍不住叫了出來，但這也怪不得我。

因為上面的數字遠比我想的還要多。

每個國家都出現了至少兩位數的犧牲者。

有些國家還有多達三位數的犧牲者。

而帝國的犧牲人數甚至逼近四位數。

「沒錯。其實以前就有不少違法的人口買賣案件了。可是，這幾年的發生次數實在多到異常。在這種世界各地不斷出現失蹤者的情況下，我們得出了檯面下藏著規模前所未見的巨大組織的結論，那是個能將其魔手伸到全世界的巨大組織。於是，我們決定由各國齊心協力來解決事件。如果那個組織在世界各地都有分部，暗中從事犯罪行為的話，我們也必須結合各國的力量與之對抗。可是，想要結合各國的力量，難免會碰到各種難題。而最後被選中的協調者，就是對許多國家都有著影響力的神言教大本營——聖亞雷烏斯教國。」

聽完迪巴先生的說明，我發現那個人口買賣組織似乎比我想的還要巨大而且危險。

危險到甚至得讓多個國家加入討伐隊並肩作戰才能對付的地步。

「如果由聖亞雷烏斯教國來主導討伐行動，不管別國內心到底是怎麼想，至少他們不會出言抱怨。然後，再由身為亞納雷德王國這個大國的王子，同時也是勇者的你來擔任總指揮官，並且由我這個同樣是出身大國的連克山杜帝國的將軍來擔任副官，就能取得平衡了。」

聖亞雷烏斯教國、亞納雷德王國與連克山杜帝國。

由這三個大國參與其中，做出其他各國都能接受的安排。

這是很有那位教皇風格的合理編制。

在此同時，我也明白自己已無法推辭了。

既然事情已經進展到這個地步，那各國應該都知道預定會由我接下總指揮官的工作了。

也就是說，如果我拒絕這個邀請，由迪巴先生擔任總指揮官的話，一切事態都會立刻曝光。

如果這只會為我帶來惡評的話倒還無所謂。

可是，如果我這時候拒絕，不光是我，就連我的祖國——亞納雷德王國也會遭受池魚之殃。

因為各國的人們肯定都會胡亂猜測我不參加的理由。

其中也肯定會出現對亞納雷德王國的批判。

那不是我想見到的結果。

我深切體會到自己其實並不只屬於自己的事實了。

因為我同時兼具勇者與亞納雷德王國王子這兩個身分。

身為勇者，身為亞納雷德王國的王子，我不能做出會讓這兩個名號蒙羞的事情。

如果我做錯事的話，不是只有我負責就行了。

不但會讓歷代勇者顏面盡失，也會給亞納雷德王國添麻煩。

勇者這個稱號的重量，以及代表一個國家的王子的立場，可沒有輕到只用我還是個孩子這樣的理由就能一筆勾銷。

教皇已經連這點都計算進去，布下讓我無法拒絕的狀況。

這種手段真的很有他的風格。

「看來我好像無法回絕呢。」

看到我一邊嘆氣一邊小聲抱怨，迪巴先生露出苦笑。

「就跟你以前說的一樣，這是你自己觀察、思考、判斷之後的結論吧。真了不起。」

「……就算是這樣，我還是只能像這樣任人擺布，所以這一點意義都沒有。」

即使我想要照著自己的想法行動，我在教皇眼中也還只是個孩子，他很輕易就能把我玩弄在股掌之間。

結果，我做出的結論就像是在肯定自己任憑教皇擺布的現況，讓我想到就憂鬱。

「沒有意義？你錯了。」

然而，迪巴先生用強而有力的聲音否定了我的喪氣話。

「你是懷著自己相信的正義在行動，而別人正看著你的身影。肯定會有人因為你是這種人而想要跟隨你，就像我一樣。」

說完，迪巴先生向我眨了眨單眼。

明明已經上了年紀，卻還這麼適合做出這種俏皮的舉動，實在厲害。

「你不只是個勇者，也是一個人。觀察你的行為，而不是只看你的勇者稱號來評價你的大有人在。然後，只要你不斷實踐自己心中的正義，那些人自然就會跟隨你，他們未來將會成為你的一大助力。」

迪巴先生這番話令我茅塞頓開。

我不只是個勇者，也是一個人。

這種想法跟我之前的想法完全相反。

迪巴先生的意思是，重要的不是勇者這個頭銜，而是我自身的行為。

我應該設法讓那些關注我自身的行為，而不是勇者這個稱號，並且選擇跟隨我的人變多才對。

「你的意思是，要我設法增加同伴嗎？」

「如果有真正能夠信賴的對象，那應該也是件好事吧。」

雖然迪巴先生面帶笑容，但這些話反過來說，就是不該隨便把無法信賴的人收為同伴的意思。

「總之，日積月累是很重要的。你要讓更多人看到你的表現，把你的理念推廣出去。一個沒有實績的傢伙，不管說得再怎麼大聲也不會有人理他。雖然光憑勇者這個稱號就會有人願意跟隨你，但只有那樣是不行的。非得是因為是你才願意跟隨的人不可。你還年輕，不但缺乏實績，而且也不夠成熟。可是這也代表你有的是時間，不需要焦急，只要一步一步慢慢前進就行了。」

日積月累啊……

我的實績確實還不夠多。

「幸好這次的委託背後沒有奇怪的陰謀，這件事是拯救因為人口買賣組織而遭逢不幸的人們的正義。雖然你現在可能還沒有足以回絕神言教的委託的發言權，但只要你不斷達成委託，累積實績，就能提高自己的聲望。許多國家都有參加這次的任務，這對你來說是好事。不要只是單方面被人利用，也要懂得利用別人，你要練就這樣的韌性。」

原來如此。

迪巴先生的這番話很有參考價值。

就像教皇利用我一樣，我也只需要把教皇的委託當成墊腳石就行了。

「話雖如此，但你也得小心別被骯髒的大人欺騙。事實上，我也是因為希望你加入討伐隊，才會故意說這些好聽話的。」

我驚訝地看向迪巴先生，發現他臉上掛著不懷好意的笑容。

看到那種表情，我才知道剛才那些話有一半是在開玩笑。

沒錯，只有一半。

另一半是給我的忠告。

像是要肯定我的猜測一樣，迪巴先生收起笑容，一臉認真地繼續說下去。

「聆聽別人的意見很重要，可是千萬不能照單全收。你必須自己思考，找出屬於自己的結論，想清楚到底什麼是對的，什麼是錯的。只有經過百般煩惱後得出的結論才有價值。」

意思就是叫我不要停止思考。

「好啦，老人家又臭又長的說教就到此為止吧。」

「不，這些話很有參考價值。非常感謝您。」

聽到我道謝，迪巴先生露出溫柔的笑容，並且把這次任務的相關資料遞了過來。

「這些資料給你。你仔細看過並想過以後，再自己決定要不要接下這個委託吧。」

「我會的。」

對我的答覆滿意地點了點頭後，迪巴先生便離開了房間。

要我自己思考啊……

我聽從他的建議，決定在看過資料以後做出判斷。

話雖如此，但到底要不要接下這次的任務，我心中已經有了答案。

我就接下這個任務吧。

如果迪巴先生會以副官的身分跟我一起行動，那他將會是最可靠的同伴。

我要自己思考，付諸行動，一步一步慢慢前進。

為了不違背自己理想中的勇者形象。

如此下定決心後，我使勁握住纏在脖子上的圍巾。

Teeba Vicow

迪巴·維戈

本名是迪巴·維戈，跟羅南特和前任劍帝一起經歷過人魔戰爭，是為數不多的倖存大人物之一。也因此，他對信奉實力至上主義的軍隊有著強大的影響力，現任劍帝也對他百般信賴，把他當成心腹，就算說是他的派系在支撐現任劍帝的政權也不為過。若讓他指揮部隊，他就會用踏實的用兵之術把敵人逼入絕境；如果讓他拿起武器，他就會發揮出以一擋百的實力，是個智勇雙全的猛將，也是連克山杜帝國不可或缺的棟梁。然而，人口買賣組織殺了他的兒子、媳婦與孫子，為了報仇雪恨，他離開國家，加入了討伐隊。

小蘇菲亞日記1

無聊死了。
今天也沒見到梅拉佐菲。
白這陣子也沒回到公爵宅邸。
她好像正跟愛麗兒小姐一起忙著各種事情。
太狡猾了！
我可是無聊到快要死掉了耶！
向久違地回到宅邸的白如此抱怨後，隔天她就拿了份類似訓練計畫表的東西給我。
不是這樣的！妳誤會了！
雖然照著這張計畫表去做確實就不會無聊了！
話說回來，到底有誰會自願去做這種地獄特訓啊！
妳還有其他方法可以幫我打發時間吧！
像是陪我玩之類的！

Y2　尤利烏斯十二歲　初戰

自從決定參加人口買賣組織討伐隊後，已經過了半年左右。

我在這段期間跨過了一年，年齡也多了一歲。

此外，討伐隊也在這半年內完成編組，總算要開始查緝人口買賣組織了。

會耗費長達半年的時間才完成編組，是因為許多國家都有派兵加入這支討伐隊。

聽說因為每個國家都是懷著各自的目的派兵參加討伐隊，所以在人員徵選上花了不少時間。

也許是因為許多國家參與其中，其中必定會牽扯到各個國家的利益與盤算，才沒辦法迅速採取行動吧。

儘管明白這是無可奈何的事，但我無法否認自己心中確實對此感到了不悅。

所以，當這一天終於到來時，我腦中馬上閃過「終於搞定了」這樣的感想。

討伐隊要開始行動了。

「尤利烏斯，茶泡好了喔。」

「你說話又這麼沒禮貌！就算是兒時玩伴，直呼勇者大人的名字也還是太過厚顏無恥了！」

在休息室裡暗自鼓足了幹勁的我，聽到了兩個人爭吵的聲音。

出聲的兩個人都是跟我同年紀的孩子。

回頭一看，便看到了我所熟悉的少年與少女的身影。

「好啦好啦，我下次會注意的。」

「真是的！你那是什麼態度啊！你根本就不打算注意吧！」

少年無奈地聳聳肩，少女則怒氣沖沖。

他們兩人的小吵小鬧，最近已經變成一種慣例了。

這位少年名叫哈林斯。

他跟我一樣都是亞納雷德王國的人，別看他這樣，他可是來自克沃德公爵家的名門之後。

只不過，由於年紀大上他許多的長男已經成年，並且決定由他繼承家業，讓身為次男的哈林斯處於微妙的立場。

雖然貴族家庭的次男通常都會被當成長男出意外時的保險，但因為家裡的長男已經連孩子都生了，所以哈林斯現在可說是完全失去了在家裡的存在意義。

就跟儘管身為王家次男，卻是地位較低的側室孩子，處於微妙立場的我一樣。

正因為如此，我們從小就有來往。

也就是所謂的兒時玩伴。

他也是我少數還沒成為勇者之前就有來往的知己好友。

而這樣的哈林斯將會擔任我的隨從，跟我一起加入討伐隊。

也就是負責照料我日常生活的人。

雖然這不是公爵家的人該做的工作，但我是王家的人，而且還是勇者，所以才破例取得了許可。

不過，如果哈林斯沒有自願接下這份工作，那些想要接近我的人，或許會從王國或其他國家蜂擁而至。

正因為他是跟我來自同樣國家的名門之後，才能擠下那些人，擔任我的隨從。

對我來說，比起懷著政治盤算的陌生人，讓知心的兒時玩伴待在身邊也比較放心。

只不過，哈林斯那種毫不客氣的態度，卻也讓某人感到不滿。

那人就是剛才斥責了哈林斯的少女——聖女亞娜。

聖女是跟勇者成對的存在。

只不過，有別於透過稱號選出來的勇者，只有自幼經歷嚴格修行，而且符合條件的少女會被選為唯一的聖女。

就某種意義上來說，那些聖女候選人都通過了遠比成為勇者還要艱難的考驗，而從為數眾多的聖女候選人中選出來的聖女，可說是菁英中的菁英。

原本應該是這樣才對……

「喂，尤利烏斯，在茶還沒冷掉之前快喝吧。要是能休息的時候不休息，之後會很辛苦喔。」

「喂！不要無視我啦！」

看她那種被哈林斯輕易耍著玩的樣子，實在一點都沒有菁英的感覺。

聖女是由神言教派遣過來的勇者幫手。

說好聽點，聖女是勇者與神言教之間的橋梁，但簡單來說，其實就是神言教派來監視勇者的人。

我原本是這麼想的，但亞娜這人實在不像是個監視者。

起初我還以為那可能是演技，但實際相處了半年以後，我發現事情並非如此。

她是一位認真，一絲不苟，為人表裡如一，但個性有些遺憾的女生。

「亞娜，妳要不要也來一杯？我覺得自己泡得不錯喔。放心啦，我沒在裡面放妳討厭的蟲子。」

「嗚……！我才不要！」

哈林斯不但光明正大地跟身為他名義上主人的我同席而坐，還比我先喝下他自己泡的茶。

然後，在哈林斯的捉弄之下，亞娜紅著臉跑出房間了。

「呼……小鬼頭就是這麼愛生氣，真是教人頭痛。」

在說出這些話的同時，哈林斯微揚嘴角。

「哈林斯，你太壞心眼了。」

「因為捉弄那傢伙很有趣，我忍不住嘛。」

兒時玩伴發出不懷好意的笑聲，讓我傻眼地嘆了口氣。

「反正已經摸清楚她的個性了，不需要故意刺激她了吧？」

沒錯，哈林斯捉弄亞娜的行為，全是為了搞懂她這個人的演技。

哈林斯看起來是個為人直爽又好懂的傢伙，但其實他心思細密，骨子裡是個個性認真且誠實的好人。

知道他這一面的人並不多。

如果不是觀察力相當好的人，都會以為平時的哈林斯就是真正的他，不會看出那是演技。

此外，因為自己平時都在演戲，所以他很擅長看穿別人的演技與謊言。

既然哈林斯故意找亞娜麻煩，藉此觀察她的反應，得出了她不是在演戲這個結論，那亞娜應該就不是在演戲。

「……教皇到底為什麼要指名亞娜擔任聖女？」

聖女的人選是由教皇與神言教的樞機卿們投票決定的。

因為這個緣故，在神言教內部握有極大權力的教皇，對投票結果有著相當大的影響力。

如果是要監視我的話，應該還有其他更合適的聖女候選人才對。

雖然這麼說很奇怪，但我不認為亞娜有辦法耍那種心機，而她目前也都沒有那麼做。

「我猜教皇應該是覺得不要隨便綁住你會比較好吧？」

哈林斯悠閒自在地喝著茶。

他的舉止沉穩大方，甚至令人懷疑他到底是不是跟我同年齡的孩子。

沒有演戲時的哈林斯真的很成熟。

他那發育得比同年齡孩子更好的體格，也加深了這樣的印象。

不過，不曉得他真正性格的人，就只會覺得他是個塊頭大的頑皮小鬼。

「教皇應該也不想跟你打壞關係，所以才選了對你有利的聖女吧？亞娜這人表裡如一，容易理解，能力出眾，而且內心跟你一樣充滿正義感。既然她跟你這麼合得來，就表示教皇應該也為此費了不少心吧？」

哈林斯的分析跟我想的一樣。

只能認定教皇是徹底為了我想過，才會選擇這位聖女。

也許教皇是知道我不信任他，才會主動試著和我拉近關係。

而亞娜或許正是他的第一步。

「尤利烏斯，神言教不是敵人。雖然要提防他們不是不行，但要是提防過頭的話，反而會讓自己綁手綁腳喔。」

「……確實如此。」

聽到哈林斯這麼說，我才發現自己可能在不知不覺中把神言教當成敵人了。

「嗯，你說得對。我不能搞錯敵人，神言教不是敵人。」

我試著這樣告訴自己。

「不過，感覺就像是被那個老爺爺擺了一道呢。」

然而，因為哈林斯聳聳肩膀後這麼說道，讓我的腦海中浮現出教皇那張表面和善卻別有企圖的笑臉。

如果教皇是早就知道我們會這麼想，才把亞娜派來，那我們就等於是被他玩弄於股掌之上。

而我非常確信自己的推測是正確的。

……雖然不是敵人，但我果然無法喜歡那個人。

我關上門。

背對緊閉的門扉，無力感折磨了我好一陣子。

在我背對的門扉之後，聚集著討伐隊的各國隊長。

由許多國家所組成的討伐隊招集了許多士兵，為了統率這些士兵，各國都分別派遣了知名的將軍擔任隊長。

這些隊長都肩負著各自祖國的威信。

這裡正是他們齊聚一堂的地方。

而我則是立於他們之上的總指揮官。

我胸懷因為這種重責大任而帶來的緊張感，以及不得不為的責任感，前去與這些隊長見面。

但結果卻跟我想的完全不一樣。

這裡沒有一個人把我放在眼裡。

我在這場見面會中說出的，就只有報上名字的自我介紹。

然後，當我聽完隊長們的自我介紹，大家要開始討論討伐隊的實務工作時，我就像這樣被請出房間了。

沒錯，誰也沒有把我當成總指揮官。

他們只當我是有著勇者的名號，空有其名的總指揮官。

我想起自己走進房間的瞬間，那些隊長看我的眼神。

那是對我毫無期待，彷彿在看路邊小石頭一樣的眼神。

他們沒有直接對我那麼說。

當我自我介紹的時候，他們的言行也充滿著敬意。

即使如此，我還是明白。

對他們來說，我就只是個擺飾。

就算我是勇者，就算我是大國的王子，但對他們來說，我只是個普通的小鬼。

我還來不及扛起身為總指揮官的重責大任，他們就表現出不期望我會有所表現的態度。

在門的另一邊，隊長們正討論著討伐隊今後的計畫。

然而，身為總指揮官的我，卻無法跟他們一起討論。

雖然我不是被趕出來的，但聽到他們委婉地說「剩下的事情就交給我們吧」，我也很難繼續在那裡待下去。

因為那會讓我在他們心目中，從聽話的空有其名總指揮官，降格為不聽話的難搞小鬼。

我現在只能忍耐。

我今天才剛認識這些隊長。

彼此之間還沒建立起信賴關係。

時間還多得是。

我只要慢慢拉近與他們之間的距離就行了。

不需要焦急。

因為日積月累是很重要的。

「沒關係，未來還很長。」

如此告訴自己後，我握緊圍巾。

在厚重的門的另一邊，聽不到我的聲音。

我鬆開握住圍巾的拳頭，回到自己的房間。

幾天後，討伐隊第一次踏上了遠征。

「喂，我們現在是要去戰場對吧？」

「嗯。應該是……吧。」

面對哈林斯的問題，我如此回答。
希望他能原諒回答得這麼不明不白的我。
因為我自己也對現在的情況感到疑惑。
這是討伐隊的首次遠征。
由於這是討伐隊的首次實戰，還不確定大家能否好好合作，於是便決定前往附近損失較少，人口買賣組織規模也較小的地方。
可是，就算是這樣，這種情況還是教人難以接受。
「這簡直就像是大人物的觀光旅行嘛。」
聽到哈林斯毫無顧忌的感想，我只能在心中表示贊同。
明明接下來是要去討伐人口買賣組織，我們卻坐在豪華馬車上搖來晃去。
周圍還圍繞著一群騎士，就像是在保護這輛馬車。
不，不是「像是」。
他們「就是」在保護這輛馬車。
如果只看這輛馬車的話，誰也不會認為這支討伐隊的總指揮官就坐在上面吧。
應該只會覺得是某國的貴族或王族出來遊行才對。
處在殺氣騰騰的討伐隊隊伍之中，讓這輛馬車與周圍格格不入。
「你這傢伙又亂講話了！」

哈林斯的說詞讓坐在我旁邊的亞娜叫了出來。

「這輛馬車可是討伐隊的隊長們特地為勇者大人準備的！對此說三道四，就等於是在踐踏他們的好意！」

亞娜說得很對。

雖然她說得很對，可是……

「就算妳這麼說，我也無法接受。不然我反過來問妳，妳覺得這種好意真的對尤利烏斯有幫助嗎？」

哈林斯尖銳的提問讓亞娜「唔」了一聲，再也說不出話。

在亞娜的內心，似乎也不喜歡現在這種狀況。

這讓我稍微鬆了口氣。

因為很多庶民女孩都對這種華美的馬車懷有憧憬。

我跟哈林斯好歹是王族與高位貴族。

我們早就習慣搭這種馬車了，但聖女亞娜可不是這樣。

據說聖女在還是聖女候選人的時代，都要經歷嚴苛的修行，過著與世俗隔絕的生活。

如果是這樣的話，那她很可能會比庶民還要憧憬這種華美的事物。

雖然我們相處的時間不長，但我先入為主地認為個性單純的亞娜更會憧憬這種東西。

我還以為她是因為責任感很強，才沒有明顯表現出內心的興奮。

可是，實際上，她似乎跟我們一樣，都對現在這種狀況感到不自在。

有些事情是相處時間不夠長就無法明白的。

所以才要像這樣跟別人多交流，徹底看清對方的為人，然後不斷增加能夠信任的同伴嗎？

「這個嘛……說不定他們是打算故意弄得招搖一點，藉此讓民眾放心呀。」

聽完亞娜好不容易才想到的答案，哈林斯不屑地笑了出來。

「人民也不是笨蛋。如果要讓人民放心，還不如展示武力要來得更快。大家一眼就能看出這支討伐隊人數眾多，也能看出其訓練程度，我感覺不到只讓身為總指揮官尤利烏斯坐這種豪華馬車的必要性。」

也許亞娜自己也明白這個藉口太過牽強，所以完全無法反駁哈林斯的這些話。

「反倒是準備這種不合時宜的馬車才可能會讓人民感到不安。人民會懷疑『那些傢伙到底是去幹嘛的？難不成是去玩的嗎？』」

哈林斯露出自嘲的笑容。

事實上，當我們從城鎮出發時，就有感受到這樣的視線。

人口買賣組織在這一帶的活動並不多。

因此，城裡氣氛也沒什麼危機感，目送這支討伐隊離去的人民，也都帶著像是在觀看祭典般的悠閒表情。

可是，他們並非完全沒有受害。

在幾乎都是用好奇的眼神目送討伐隊出發的人群之中，也確實有少數人是懷著一絲希望注視著我們。

而越是眼中充滿期望的人，看到這輛馬車時的反應也越是激烈。

而那全是負面的反應。

不安、厭惡、絕望……

看到這輛馬車的人臉上都浮現出這些感情。

看到他們的表情後，我才徹底明白自己搭乘的這輛馬車有多麼不合時宜。

只是……

「就算讓他們看到我們的樣子，結果八成還是一樣吧。」

我不是在袒護亞娜，但我沒有肯定哈林斯的話。

我們還是孩子。

雖說是勇者與聖女，但也依然是孩子。

不管是看到這輛馬車，還是看到我們這些孩子，那些因為人口買賣組織而感到不安的人民，應該都不會覺得好受吧。

因為他們無論如何都不會覺得我們靠得住。

「說得也是，畢竟我們還是孩子。不過，就算是這樣，我覺得還是有更好的做法才對。」

說完，哈林斯整個人深深地坐進座椅裡。

「才沒有那種事呢！雖然勇者大人是個孩子，但看起來很威風啊！看到勇者大人的英姿，才不可能讓人感到不安！」

亞娜揮舞拳頭否定我們的話。

「如果有人看到充滿高貴氣質的勇者大人還那麼想，就是他們沒眼光！因為勇者大人明明就那麼帥氣！」

亞娜順勢說出這樣的話。

就算我不小心傻住了，我覺得這也怪不得我。

就連哈林斯都忘記要捉弄她，愣愣地眨了眨眼睛。

看到我們的反應，亞娜似乎總算理解自己說了什麼，臉變得越來越紅。

「剛……剛才的話當我沒說！」

她用雙手摀住紅到不行的臉，整個人縮成一團。

「喔～」

也許是從打擊中振作起來了，哈林斯露出不懷好意的奸笑。

換作是平常的話，亞娜鬥嘴贏不過哈林斯，一旦形勢不利，她就會馬上逃跑，但可惜這裡是在馬車裡面，她無處可逃。

「嗚嗚……！」

即使如此，她還是拚命想要逃離哈林斯的魔掌，躲在座椅的角落縮起身體。

看到她那副模樣，哈林斯拚命忍住笑意，讓我無言以對。

「哇～！討厭！」

「……啊！」

就在這時，馬車晃了一下。

坐姿古怪的亞娜失去平衡，眼看就要從座椅上摔下來。

我趕緊接住她的身體。

「妳沒事吧？」

「我……我沒事。」

亞娜在我的臂膀中羞紅了臉。

剛才的語言攻勢加上這個小插曲，讓她的臉紅到了極點。

然後，馬車的門很不巧地在這時候打開了。

「……我們到了。」

打開馬車門的士兵露出了難以言喻的表情。

那眼神透露出了他的想法，那就是「這些傢伙是來玩的嗎？」。

……我們或許沒資格對馬車的外觀說三道四也說不定。

就結果來說，討伐行動順利到令人訝異的地步。

相較於討伐隊，這個地方的人口買賣組織的人員素質與數量，原本就都居於下風。

據說當討伐隊衝進透過事先調查找到的敵人基地時，對方幾乎沒有機會反抗，整場討伐行動就結束了。

我們並沒有實際見到那一幕。

因為在護衛們的包圍下，我們一直都在離現場有段距離的地方待命。

回程的馬車抵達城鎮了。

我聽見迎接討伐隊的歡呼聲。

然而，即使聽到那些歡呼聲，我的心情也還是一樣低落。

雖然我在一定程度上早就預料到了，卻沒想到會這麼明顯地被當成花瓶，心中對自己感到萬分羞愧。

我知道還是個孩子的自己，在指揮能力上比不過那些身經百戰的隊長。

就算論戰鬥能力，或許也有人比身為勇者的我更強。

即使如此，應該還是有我能做的事情才對。

可是，我實際做了的事情，就只有坐著馬車出發，然後坐著馬車回來而已。

這樣就沒有我在場的意義了。

這種事，我有辦法一直做下去嗎？

難不成在累積起實績以前，我都要像這樣白白浪費時間？

「嗯？怎麼了？」

正當我忙著思考時，哈林斯發現異狀，看向馬車前方。

我也跟著看了過去，發現討伐隊似乎停止前進了。

因為這個緣故，馬車也逐漸放慢速度，最後停了下來。

「發生什麼事了？」

「好像是部分的居民擋住了去路。」

哈林斯問過車夫後，得到了這樣的回答。

「是糾紛嗎？拜託饒了我吧。」

哈林斯不耐煩地小聲抱怨。

似乎就連哈林斯都因為這場首次遠征而備感壓力。

可是，比起朋友的精神狀態，我更在意前方發生的紛爭。

「我過去看看。」

「咦？啊、喂！」

我打開車門跳了出去，走向發生爭執的地方。

由於距離並不是很遠，我馬上就聽到爭吵的內容。

「我家女兒呢！」

「我家兒子沒事吧！」

「那些被抓走的孩子人在哪裡！」

居民們擋在士兵面前不斷逼問。

他們在問那些被抓走的孩子是否安全。

可是，面對這些問題，士兵們卻面面相覷，一直不願回答。

「喂！到底怎麼樣了！」

「我家孩子呢？他沒事對吧！」

然後，也許是士兵們的這種態度讓人往不好的方向聯想，居民們的聲音也變得越來越大。

人口買賣組織的討伐行動順利結束了。

行動的確順利結束了。

可是，當討伐隊闖進人口買賣組織的基地時，那些被綁架的人都已經不見了。

我們甚至連那些人被帶去了哪裡都不知道。

雖然我們從基地裡回收了一些資料，但也不曉得能不能從中得到線索。

雖然看到凱旋歸來的討伐隊，就能看見人口買賣組織的倖存成員正被押送，但也一眼就能發現那些被抓走的人並不在其中。

所以，對我們討伐隊懷有一絲希望的被害者家屬，才會忍不住像這樣跑來追問吧。

「詳細報告之後會公布，你們先回去。」

其中一位隊長想要趕走那些民眾。

「請等一下。」

而我阻止了他。

「勇者大人？」

看到我的隊長露出狐疑的表情。

他的臉上明顯地寫著「麻煩死了」四個大字。

對這位隊長來說，我還只是個孩子，我看得出他不希望我在這個情況下做多餘的事情。

不過，我不能唯唯諾諾地照著他的意思去做。

「盤踞在這一帶的罪犯都已經掃蕩完畢了。」

我走到民眾面前，同時開始說話。

聽到我說組織已經被消滅，民眾的表情變得稍微柔和了一些。

可是……

「可是，那些被抓走的人已經不在他們的基地裡面了。」

我無法不據實以告。

因為就算瞞得了一時，也還是會馬上被他們知道。

「……怎麼會這樣？」

「這表示……你們沒有趕上嗎？」

現場一陣寂靜，然後……

「開什麼玩笑！」

「這到底是怎麼回事啊？喂！說話啊！」

民眾發出怒吼。

士兵拚命拉住隨時都會揮拳揍向我的居民。

「勇者大人，你怎麼擅自說出來了！」

隊長露出嫌我多事的表情，抓住我的肩膀。

我揮開他的手。

在此同時，一名壯年女子擺脫士兵的阻擋，向我衝了過來。

雖然隊長第一時間想要挺身保護我，但我伸手制止了他。

那名女性眼角含淚，向我揮出巴掌。

可是，我伸手擋下了這一巴掌。

「我們來不及救出那些孩子。」

我不能讓她打。

過去在前沙利艾拉國的蓋倫家領地，我被那裡的居民暴力相向。

我沒有抵抗，任憑他們毆打。

可是，迪巴先生當時告訴過我。

揍我只能讓對方一時氣消。

揍了我的拳頭會痛，動手打人也會讓他們心痛。

不管是打人的一方還是被打的一方，都只會得到痛楚。

所以，遇到這種情況時，不能任人毆打。

「我們今後也將繼續追查那個組織。我無法保證一定能找到那些被抓走的孩子，可是，我可以保證我們絕對不會放棄。」

我不能隨便做出保證。

因為說不定一切都已經太遲了。

但在還沒確定答案以前，我們都必須全力以赴。

這是我唯一能做出的保證。

我放開自己抓著的手，而女性哭得崩潰。

什麼日積月累，什麼對自己的無能為力感到不滿，我一直在意著這些無關緊要的小事。

我是什麼人？

我不是勇者嗎？

勇者的使命不就是幫助那些受苦受難的人嗎！

我居然忘了這件最重要的事。

我不曉得他們是否接受了我的說詞。

可是，居民們全都收起怒火，慢慢讓出道路。

就連那名蹲著哭泣的女性也起身離開。

在離開的瞬間，她還小聲地向我道歉。

看來就跟迪巴先生說的一樣，別讓人毆打才是對的。

「勇者大人，你擅自這麼做，我們會很困擾的。」

場面冷靜下來後，隊長向我提出忠告。

「你沒有必要面對這些。」

「你錯了。」

我立刻否定隊長的話。

「我是這支討伐隊的總指揮官，有義務聆聽他們的話。就算只是個空有其名的總指揮官，我也必須負責。」

聽到我這麼說，隊長倒抽了一口氣。

「我們沒有趕上。在討伐行動成功後，就不會再出現新的被害者了。可是，我們沒能挽回已經發生的悲劇，這是事實。」

「可是，那不是我們該負的責任吧？」

「的確，那不是我們的責任。可是，我們還是沒能趕上。」

就算那不是我們的錯，也不能忘記我們沒能趕上的事實。

或許我們能救回那些孩子也說不定。

我們沒能救回那些或許有機會救回的孩子。

我們絕對不能忘記這個事實。

「我什麼都沒做，也什麼都做不到，就只出一張嘴。即使如此，要是我無法在這時向人民做出保證，就沒資格當勇者了。」

丟下這些話後，我轉身背對隊長，走回馬車。

哈林斯露出「真拿你沒辦法」的表情，在馬車前面迎接我回來。

在這種時候，有個不必多說就能理解我的朋友實在是太好了。

雖然旁邊還有個不知為何在忸忸怩怩的亞娜就是了。

「哈林斯，我決定要做。」

「哦~我會跟隨你的。」

哈林斯沒問我要做什麼。

言下之意就是，不管我要做什麼，他都願意跟隨我。

我還有時間。

跟討伐隊之間的距離，只要隨著時間慢慢拉近就行了。

可是，那樣是不行的。

就算我有時間，無法拯救的犧牲者此時此刻也正在增加。

他們沒有時間。

勇者到底是為何而戰？

答案是為了人們。

我想起自己的初衷了。

為此，我不能浪費時間。

我重新下定決心，放眼未來。

間章　帝國老將與隊長

「我聽說剛才好像發生了糾紛？」

「迪巴大人……是的，剛才確實出了點問題。」

面對我的問題，討伐隊的其中一位隊長吞吞吐吐地如此回答。

雖然身為副總指揮官的我地位比較高，但他在自己的國家也是有頭有臉的人物。

自尊心似乎讓他們無法發自內心把我當成上司尊敬。

至於遠比他們年輕的勇者大人就更不用說了。

不光是他。

教皇招集而來的討伐隊隊長，全都是擁有實力與實績的大人物，就算對方是勇者，屈居於毫無實績的孩子之下，也會讓他們感到抗拒。

正因為如此，他們才會有默契地把勇者大人當成花瓶指揮官。

很難說他們的判斷一定是錯的。

因為勇者大人確實是個孩子，而且沒有實績。

既然如此，讓有著實績的隊長們掌握實權，處理討伐隊的事務會比較有效率，這也不算是錯誤的想法。

不過，前提是要無視勇者大人的人格。

「在你看來，勇者大人是個什麼樣的人？」

面對我的問題，隊長稍微思考了一下。

他似乎是在思考該如何回答才是正確答案。

「你不需要想得太複雜，直接告訴我你的想法就行了，我發誓不會告訴別人。」

由於討伐隊裡聚集了來自各個國家的人，所以各國的盤算也複雜地糾結成了一團。

光是講錯一句話，就有可能對自己國家造成不利的影響。

所以隊長似乎不敢說出他真正的想法，而我稍微推了他一把。

「我覺得他有些太過正直了。」

稍微猶豫了一下後，隊長只說出這句話。

可是，我總覺得這句簡短的話語中蘊含著複雜的感情，而這應該不是我的錯覺。

他對進一步擴大了紛爭的勇者大人感到不滿。

可是，他應該也覺得那位過於正直的勇者大人非常耀眼吧？

「勇者大人還是個孩子，所以我們這些大人必須努力分擔他的工作。」

「確實如此。」

「幾乎每個討伐隊的成員都懷有這種錯誤的想法吧？」

「咦？」

對我的前半句話深表贊同的隊長，被我的後半句話嚇到了。

「所謂的勇者，就是神賜予最適合擔任勇者之人的稱號。」

我說出每個人都知道的常識。

「勇者大人還是個孩子，可是，神無視於身為大人的我們，選擇讓他成為勇者。我覺得大家應該仔細想想這件事所代表的意義。」

隊長啞口無言。

參加這支討伐隊的隊長們全都是大人物。

但他們誰也沒被選為勇者。

被選上的是還是個孩子的尤利烏斯大人。

那麼問題來了，這到底是因為我們這些大人沒出息？

還是因為勇者大人太過優秀？

討伐隊的成員們應該很快就會知道答案了吧。

我已經見識過了。

在前沙利艾拉國的蓋倫家領地，見識過那種無關年齡的崇高精神。

他成為勇者，不是因為天命。

他成為勇者，是因為他夠資格。

勇者大人不可能一直安於現況，繼續按照隊長們的意思當個花瓶指揮官。

他肯定會打破這個逆境。

到時候，他肯定又會有所成長吧。

我故意不出手幫忙，只在旁邊靜觀其變。

這是因為我相信他一定能打破區區這點程度的逆境。

可是，在此同時，還得讓隊長們徹底明白勇者大人是個什麼樣的人。

就算我在這時出手幫忙，恐怕也對勇者大人沒有幫助吧。

「你是為何而戰？」

「你是說我嗎？」

我試著問隊長這個問題。

不過，隊長的眼神游移不定，沒辦法馬上回答我。

「人一旦上了年紀，就會逐漸忘記自己戰鬥的理由。為了國家，為了人民，抑或是為了自己的財富。雖然理由有很多種，但大家剛開始時應該都是懷著滿腔熱血在戰鬥才對。」

戰鬥這回事總是伴隨著戰死的風險。

如果沒有那股熱血，就無法戰勝那種恐懼，讓自己投身於戰鬥之中。

可是，在不斷戰鬥的過程中，會逐漸習以為常那股熱血，讓人忘記戰鬥的意義。

「勇者大人肯定能夠馬上回答這個問題。」

所以，他在我們這些老人眼中才會如此耀眼。

「你說他太過正直，但這又有什麼不好？所謂的勇者，不就是能夠貫徹那種正直的人嗎？」

面對我的問題，隊長緊閉著嘴巴，一句話都說不出來。

可是，這種反應就是他的回答。

小蘇菲亞日記2

我被送進學校了。

而且是完全住宿制學校。

開什麼玩笑啊！

我跟梅拉佐菲見面的機會本來就不多了，居然還把我送去那種學校！

而且還要申請才能外出。

就連訪客要見學生都得先辦手續。

這樣不管是我要去見梅拉佐菲，還是梅拉佐菲要來找我，都變得很困難了不是嗎？

開什麼玩笑啊！

我不能接受！

既然這樣，那我就逃學！

我打破宿舍的窗戶玻璃，準備筆直衝到梅拉佐菲身邊，卻不知為何在下一瞬間被絲緊緊纏住身體。

勉強轉動脖子回頭一看後，我發現莎兒、莉兒與菲兒正在擊掌慶賀。

原來這些傢伙就是為此而來的監視者！
開什麼玩笑啊！

Y3 尤利烏斯十二歲 奇襲

決定要行動是很好，但接下來，我遇到了一連串的挫折。

首先，為了跟隊長們多交流，我試著參加作戰會議，但卻白忙了一場。

隊長們全都把硬要參加會議的我當成空氣。

討伐隊接下來要前往哪個國家？該用什麼策略把人口買賣組織逼入絕境？

對於這些議題，我能夠發言的機會並不多。

提出多餘的意見，妨礙討伐隊展開行動並不是我的本意。

因為這個緣故，對於會牽扯到各國間的問題的下一個目的地，我沒能提供任何意見；對於經驗豐富的隊長們制定的策略，我也沒辦法唱反調。

結果我大部分時間都只能默默地坐著。

……就算我只是坐著聽，也應該不是毫無意義才對。

此外，在討伐行動的現場，也依然沒有我出場的機會。

人口買賣組織散布在世界各地，考慮到其總人員數，可說是非常巨大的組織。

可是，那是就整體來看。

如果只看散布在各地的下游組織，其實就跟那些隨處可見的盜賊團沒什麼兩樣。

正確來說，應該是原本就存在的盜賊團，被吸收為人口買賣組織的下游組織了才對。

能在魔物橫行的城鎮之外活動的他們擁有相應的實力。

話雖如此，但齊聚在討伐隊之中的成員，都是各國引以為傲的精銳。

不可能打輸盜賊。

不管那些盜賊的等級有多高，都打不贏受過正規訓練，而且經歷過實戰的正規軍士兵。

面對透過事前調查徹底把握當地組織的規模，並且制定了合適戰術前去挑戰的討伐隊，那些盜賊完全不是對手。

在輕而易舉地不斷摧毀下流組織的討伐隊裡，根本沒有我出場的機會。

這不是壞事。

行動順利反倒是值得慶賀的好事。

話雖如此……

「我這人有必要存在嗎？」

「就算你問我那種哲學上的問題，我也答不出來。」

哈林斯對我的怨言愛理不理。

「看招！」

伴隨著吆喝聲，訓練用的木劍從上方揮了下來。

而我把自己的木劍舉到頭上，擋住了這一擊。

我們正在做自主訓練。

反正我這個花瓶指揮官有的是時間。

我有時候會利用這些空閒時間，像這樣跟哈林斯進行模擬戰。

當然，哈林斯打不贏身為勇者的我。

雖然技術上的差距並不大，但能力值的差距卻如實變成了實力上的差距。

「嘖！」

使盡全力的一擊被擋下後，哈林斯一邊咂舌一邊迅速退向後方。

可是，在哈林斯退向後方之前，我就已經先往前踏出一步。

然後橫向揮舞木劍。

哈林斯用木盾擋住這一擊。

明白同樣只用劍贏不過我後，哈林斯馬上就從只拿劍的戰法，轉為同時使用單手劍與盾牌的戰法。

哈林斯的體格勝過同年齡孩子，有著就算只用一隻手，也能靈活運用不同武器的臂力。

攻擊時用劍揮出剛烈的一擊。

防守時用盾牌做出牢不可破的防禦。

這種堅實的戰法，彷彿直接反映出了哈林斯的性格。

自從他拿起盾牌後，跟我的模擬戰的成績就進步了。

「好痛！唉……我投降。」

雖然由結果來看，只是哈林斯從開打到投降的時間變久了而已。

不管他怎麼在戰法上下功夫，都不足以顛覆能力值上的差距。

用盾擋下我這一擊的哈林斯整個人飛了出去。

木盾上也出現裂縫。

「傷腦筋，看來又得換新的盾牌了。」

哈林斯看著變得破爛的木盾如此呢喃。

「抱歉。」

「沒關係啦。雖說只是模擬戰，但要是你手下留情，不就沒有意義了嗎？」

「你說得對。」

事實上，這些模擬戰讓我學到了很多東西。

老實說，我不是很擅長用劍。

因為我的師父——羅南特大人是稀世的魔法師，所以比起劍術，我更擅長魔法。

不過因為師父的訓練內容太過亂來，讓神言教不得不拆散我們兩人。

可是，儘管在他門下修行的時間並不長，我的魔法技術依然進步了許多。

那個人果然很厲害。

……雖然他的為人非常有問題就是了。

這些模擬戰幫我補足了落後於魔法的劍術訓練。

透過與人對戰，我得到了一些在揮劍練習中無法得到的體悟。

雖然我跟哈林斯有著能力值上的差距，但技術與技能上的差距並不大。

正因為如此，我才能透過與他切磋琢磨，提升這方面的能力。

這點對哈林斯來說也是一樣。透過挑戰能力值與他有段差距的我，他鍛鍊的效率似乎還能有所提升。

我聽到鼓掌的聲音。

回頭一看，不知道何時出現的迪巴先生正在觀看我們的模擬戰。

「厲害，真了不起。沒想到你們小小年紀就已經有這種身手了。」

「謝謝您的誇獎。不過，我肯定還贏不過迪巴先生吧。」

因為受了誇獎，我馬上出言道謝，但我的劍術八成還比不過這個人。

「哈哈，確實如此。別看我已經老了，大家以前都說我是實力僅次於前任劍帝與劍聖的高手，我還不會輸給年輕人呢。」

真不愧是帝國的將軍。

前任劍帝與劍聖都是跟羅南特師父齊名的大人物。

想不到他居然是實力僅次於那些跟師父齊名的大人物的強者。

迪巴先生果然不是普通的人物。

「話雖如此，但那是只就劍術而言。勇者大人還有羅南特大人傳授的魔法，對勇者大人來說，魔法才是主要武器吧？如果您結合魔法與劍術，說不定連我都會陷入苦戰。」

「但你沒說自己會輸吧？」

「哈哈。老人家也是有骨氣的。在還沒開打之前，我可不能向年紀小到能當自己孫子的勇者大人舉手投降。」

迪巴先生看向為了不妨礙我們對話而退後了一步，沉默不語的哈林斯。

「你就是哈林斯對吧？」

「是的。」

「那個借我一下。」

迪巴先生從哈林斯手中接過裂開的木盾。

「勇者大人，請你盡全力砍過來。」

我們感到疑惑，不知道他想做什麼，而迪巴先生用左手拿著木盾，提出了這樣的要求。

「咦？可是……」

「你不必擔心。」

我擔心那種裂開的木盾無法承受我的全力一擊，但迪巴先生露出平靜的笑容，想讓我放下心。

「那我上了。」

我決定相信他，盡全力揮出木劍。

就在從頭上往下揮的木劍碰到木盾的瞬間……

手上傳來某種奇妙的感觸。

當我回過神時，才發現自己的木劍完全揮空了。

「剛才那招是……？」

「卸招。」

對著完全搞不懂發生了什麼事的我，迪巴先生如此解釋。

「我沒有用蠻力抗衡勇者大人的劍，而是改變劍的前進方向，把力量卸除。」

迪巴先生將木盾還給哈林斯。

「當對手的力量太過強大時，不是只有由正面抵擋這種戰法，有時候也要卸除敵人的力量，讓對手露出破綻。因為職責上的需要，盾戰士總是與危險為伍，所以必須明白自己承受得住什麼樣的攻擊，做出適當的判斷。你擁有出色的眼力與判斷力，肯定會成為一名優秀的盾戰士。」

「謝謝指教。」

迪巴先生拍拍哈林斯的肩膀，慰勞他的努力。

「不光是勇者大人，亞納雷德王國還擁有這種前途無量的年輕人，實在令人羨慕。」

說完，迪巴先生就離開訓練場了。

「我被稱讚了耶，我明明只是你的隨從。」
「這不是很好嗎？你就當個隨從兼護衛吧。」
我這位朋友不可能永遠當個普通的隨從。
由身為友人的我來說或許不夠客觀，但哈林斯的確非常優秀，他本人也不打算永遠當個隨從。
若非如此，他也不會跟我打模擬戰。
哈林斯肯定不只想當個隨從，而是想要跟我站在同等的位置。
我這麼想會不會太自以為是了？

我今天也坐在馬車上搖來晃去。
我現在不坐初次出征時那種豪華馬車，而是改坐軍用馬車了。
不過，也就只有這一點改變了。我每次依舊只是坐上馬車，然後什麼事都沒做就打道回府。
這次應該也是一樣吧。
馬車外面稍微變得吵了些。
不光是這樣，我還聽見了幾聲東西碰到馬車的細微聲響。
「發生什麼事了？」
「亞娜！別靠近窗戶！」

我制止探頭看向窗外，想要確認發生什麼事的亞娜，拉住她的肩膀，讓她遠離窗戶。

下一瞬間，射穿窗戶的箭矢現出蹤影。

「咿……！」

箭矢沒有射穿窗戶玻璃，射進一半就停住不動。

可是，要是亞娜剛才探出頭的話，說不定就被射中了。

「敵人襲擊……看來我們被埋伏了。」

哈林斯咬牙如此呢喃。

從馬車外面傳來驚慌失措的士兵們為了應付飛來的箭矢而發出的怒吼聲。

從箭矢斷斷續續地射中馬車，讓馬車發出聲響這點來判斷，飛過來的箭矢數量似乎相當多。

幸好我們已經改搭堅固的軍用馬車，區區箭矢無法造成傷害。

如果連窗戶玻璃都射不穿的話，只要我們待在馬車裡面就不會有危險。

不過，那得處在敵人只會一直放箭的前提下。

而且就算馬車裡面很安全，待在外面的其他士兵也不安全。

「亞娜，妳躲在馬車裡面！哈林斯，亞娜就交給你保護了！」

「尤利烏斯！可惡！我明白了！」

雖然哈林斯有一瞬間露出了不服氣的表情，但看到因為剛才的打擊而變得臉色蒼白的亞娜後，他便接受了我的指示。

「咦？勇者大人，那你呢？」

「放心，交給我吧。」

為了讓臉色蒼白的亞娜放心，我盡可能地露出溫柔的微笑。

然後，我下定決心跳出馬車，並立刻把車門關上。

看到跳出馬車的我，負責護衛的士兵們全都愣住了。

「勇者大人！這裡很危險！快回到馬車裡面！」

「這裡就交給我們來守護吧！」

幾名士兵立刻舉著盾牌衝到我前面，想要叫我回到馬車上。

從他們的態度就能清楚看出，我對他們來說不但是個虛設的總指揮官，還是個只會扯後腿的孩子。

也是個萬一死掉就麻煩了的保護對象。

可是，他們錯了。他們錯得離譜！

「不用管我！優先保護傷患！」

我大聲一喝。

同時用魔法展開一道光壁。

雖然防禦力比不上具有實體的土魔法防護罩，但已經足以擋下威力連玻璃窗都射不穿的箭矢了。

「我是什麼人！」

為了讓周圍的人都能聽見，我大聲叫了出來。

「我是勇者！所謂的勇者，難道是需要被人保護的對象嗎！不是吧！勇者應該是站著保護別人的那一方才對吧！」

就在我大聲喊叫的同時，箭雨依然不斷落下。

可是，那些箭全都被我展開的光壁擋下，沒辦法射到這裡。

「別害怕！那些箭的威力並不強！只要別被射中要害就死不了！」

我推開想要保護我的士兵，走到前面。

箭矢是從街道兩側的樹林射出來的。

從飛過來的箭矢數量來計算，對方的人數大概有幾十個人左右。

人數不到一百，但也不能說是少數。

根據事前調查的結果，這一帶的人口買賣組織的推定最大人數，也差不多是這個數字。

換句話說，那些傢伙全都在這裡埋伏，準備在此迎戰我們。

人口買賣組織也不是笨蛋。

得知我們要前去討伐，當然會做出相應的對策。

我們並沒有特別隱瞞這場行動。

為了讓居民放心，還在城鎮裡遊行。

如果城鎮裡有組織的人，就能完全掌握我們的行蹤。

既然如此，那要埋伏我們也不是什麼難事。

反倒是之前的行動太過順利了。

可是，也許是因為順利慣了，抑或是因為聚集了各國人員的指揮系統不夠穩固，討伐隊的反應很遲鈍。

「讓傷患退到後方！拿盾的士兵站到前面！」

我稍微確認了一下戰況，我方還沒有出現死者。

可是，有些士兵的手腳上刺著箭矢。

我下達指示，要那些傷患退到後方，拿盾的士兵站到前面。

可是，他們的反應實在太慢了。

士兵們先用眼神窺探各自隊長的反應，得到隊長的同意後才開始行動。

儘管我們依然處於敵人的攻勢之下，行動的速度卻不夠快。

由於我們之前都是按照事先制定好的計畫行動，成功完成討伐任務，所以還是頭一次遇到這種意料之外的狀況。

因此，我們暴露出了指揮系統並沒有完全統一的這個弱點。

我們沒有被逼至絕境，這或許也是導致我軍行動遲緩的原因之一。

敵軍射過來的箭矢威力就算要說客套話，也不能說強。

討伐隊成員全是精銳，這種程度的攻擊根本就算不上威脅。

那些受傷的士兵幾乎都是因為一開始的偷襲才會中箭。

撐過第一波攻勢後，基本上不用擔心他們會被飛過來的箭矢射殺。

正因為他們還游刃有餘，才能冷靜地先確認過隊長的意思，而不是馬上照著我的指示去做。

如果遇到真正危急的狀況，他們或許會二話不說就聽從我的指示。

雖然不用擔心我方會出現更多傷亡是件好事，但無法迅速行動這點仍然令人焦躁。

因為光是擋下敵方攻勢還不夠。

我們的目的是討伐人口買賣組織。

既然如此，那我們就得擊敗這些正在發動攻擊的敵人。

只要繼續撐下去，我方應該就會逐漸轉為優勢。

畢竟敵人的箭並非永遠射不完，一旦他們把箭射完，我們就能發動攻勢。

可是，那些傢伙真的會這麼老實地等我們反擊嗎？

我不這麼認為。

既然他們能想到要在這裡埋伏偷襲我們，一旦發現戰況不利，應該也知道要逃跑。

而敵人逃跑並不等於我方勝利。

那些逃跑的組織成員又會在其他地方犯案。

我們討伐隊是為了不讓民眾受害而戰，要是讓那些傢伙在這裡逃掉就沒有意義了。

「還能打的人跟我一起上！」

我一邊拔出劍一邊衝向賊人躲藏的樹林。

箭雨灑向獨自衝出去的我。

在用防護罩擋下箭雨的同時，我依然沒有停下腳步。

就這樣衝進樹林之中。

躲在樹木後方的襲擊者們丟掉弓箭，拔劍應戰。

雖然敵人在臉上顯露出了些許焦急，但也許是因為我還是個孩子，他們看起來並沒有太過驚慌失措。

敵人大意了。

並不是只有同伴會因為我還是個孩子就看不起我。

正因為他們是敵人，才更會因為我的外表掉以輕心。

這真是再好不過了！

「看招！」

我彈開敵人揮過來的劍。

從射過來的箭矢的威力，我早就大致推算出這些賊人的實力了。

就算正面互砍，我的力量也不會遜於他們。

我光是揮開往下砍過來的劍，就讓敵人的劍離了雙手，飛向後方。

「咦？」

敵人露出愚蠢的表情，看著本來握著劍的雙手。

全身都是破綻。

雖然對方全身都是破綻，可是……

「喝！」

只猶豫了一瞬間。

我揮劍斬殺敵人。

手感相當扎實。

光憑這樣的手感，我便確信敵人已經無力再戰，沒有確認結果就衝向下一個敵人。

不對……

那只不過是藉口罷了。

其實我是害怕看到結果。

我不敢正視自己親手手刃他人的事實。

我的技術還不夠成熟，沒辦法在不殺死對方的情況下讓敵人失去戰力。

所以我只能這麼做。

……有生以來，我頭一次親手殺人。

「……大人！勇者大人！」

「咦？」

迪巴先生輕輕搖了搖我的肩膀，把我拉回現實。

「敵人已經全數殲滅，沒事了。」

回過神來，我發現迪巴先生說得沒錯，敵人已經全滅了。

我不太記得砍倒第一個敵人後的事情。

只依稀記得自己忘我地戰鬥。

就跟那時候一樣。

我頭一次經歷的戰場。

也就是那場與迷宮惡夢之間的戰鬥。

眼看迷宮惡夢輕易屠殺著人們，儘管心裡害怕得不得了，我依然選擇挺身對抗。

因為與一看就知道自己毫無勝算的強大敵人——迷宮惡夢對峙的恐懼，讓我記不太清楚當時發生的事情了。

當我回過神時，自己已經衝到迷宮惡夢面前。當我再次回過神時，事件已經平息了。

在那之後的戰鬥也是一樣。

當蜘蛛大軍襲擊蓋倫家領地的城鎮時，我也是忘我地戰鬥。回過神時，師父已經解決事件了。

真是丟臉。

看來我在那之後完全沒有長進。

我還是那個畏懼迷宮惡夢，無力對抗蜘蛛大軍的我。

我一直做著訓練，能力值與技能都比當時還要強。

可是，在面臨最重要的實戰時還是這樣，就一點意義都沒有了。

我深深吸了口氣，然後吐出來。

透過深呼吸，我發現變得狹窄的視野似乎逐漸復原了。

事實上，我也看到了剛才沒能看見的東西，聽到了沒能聽見的聲音。

倒在戰場各處的敵人們。

忙著確認那些敵人狀態的同伴。

隊長下達指示的聲音。

這些情報全都在告訴我戰鬥已經結束。

「……結束了嗎？」

「沒錯，一切都結束了。」

我只是在自言自語，卻有人回答了我。

回頭一看，迪巴先生正一臉嚴肅地站在我後面。

……不，他的手其實一直都擺在我的肩膀上。

沒想到我竟然沒發現這件事。雖然我以為自己已經恢復平靜，但看來我還沒從打擊中恢復過來。

我再次大大地深呼吸。

下一瞬間，一股令人反胃的血腥味襲向口鼻，讓我嗆到。

我並非從未聞過血腥味。

只不過，聞過的次數也沒有多到讓我完全習慣。

此外，我還是頭一次親手製造出血腥味的源頭。

連續咳嗽了幾次，總算平息下來後，我再次深呼吸。

這次我試著盡量不去在意那些血腥味。

「冷靜下來了嗎？」

「是的。」

迪巴先生移開一直擺在我肩上的手。

我想要把依然握在雙手上的劍收回劍鞘，但左手卻無法放開劍柄。

「……奇怪？」

我再次試著放開握著劍柄的手，卻因為顫抖而無法如願。

雖然我費盡千辛萬苦才總算放開手，但手卻跟被凍僵時一樣抖個不停，動作十分僵硬。

即使想要把劍收回劍鞘，也因為上面沾著黏稠的鮮血而無法順利完成。

其實原本應該先處理掉劍身上的鮮血後再收劍入鞘才對，但我現在沒有那種多餘的心力。

等冷靜下來後再來處理吧。

「後續處理就交給其他人吧。勇者大人，請您先回到馬車上。」

「說得也是，那就這麼辦吧。」

我老實地同意了迪巴先生的提議。

不但得治療同伴，還得抓捕倖存的賊人，該做的事情還有很多。

可是，就算現在這種狀態的我在場，也只會礙手礙腳。

我朝向馬車邁出腳步，迪巴先生也跟我並肩而行。

「……您為何自己一個人衝出去？」

迪巴先生邊走邊問。

「因為我覺得那麼做最好。」

當時就只有我能立刻展開行動。

為了避免敵人逃走，我來動手是最好的。

「即使您必須這麼勉強自己也是嗎？」

被他這麼一說，我只能閉口不語。

我至今依然不認為自己的判斷是錯的。

如果我當時沒衝出去，其中一些賊人可能就逃掉了。

這點絕對錯不了。
而且我確信自己有能力殲滅敵人，也的確辦到了。
如果只論做不做得到，我自認做出了最好的判斷。
我只是沒算到自己的精神不夠堅強罷了。
「真是太丟臉了……」
我握緊還在顫抖的手。
那些都是我能夠輕易戰勝的對手。
然而，現在的我卻如此狼狽。
我應該早就做好心理準備，明白與人口買賣組織戰鬥，也就是與人類戰鬥意味著什麼才對。
可是，實際交手時卻是這副德性。
真是丟臉……
真是太丟人現眼了！
「勇者大人。」
迪巴先生彎下腰，配合我的視線高度開口。
「請不要太過勉強自己，你還有我們這些戰友。」
從迪巴先生的話語和態度中，我能明白他是發自內心替我擔心。
雖然我能明白，可是……

「還是說，你覺得我們靠不住嗎？」

「……」

我從筆直看過來的迪巴先生身上移開視線。

即使明白這種反應就是最直接的回答，我也無法做出其他反應。

我就這樣快步離開，走向馬車。

迪巴先生沒有追上來。

「……真是不中用！」

只有迪巴先生壓低音量卻充滿魄力的聲音從身後傳了過來。

我不知道那句話是對誰說的。

只知道那句話不是對我說的。

雖然明白這點，但那句話依然像是在責備我的軟弱一樣，讓我無地自容。

「辛苦你了。」

回到馬車後，哈林斯出來迎接我。

他似乎正在拔刺進馬車的箭，手裡握著幾支箭。

「先進來坐吧。」

「嗯。」

哈林斯打開馬車的門要我進去，我聽從他的指示走進馬車坐了下來。

下一瞬間，疲勞立刻湧上全身。

當然也有肉體上的疲勞，但精神上的疲勞更多。

即使覺得身為王族也身為勇者的自己不該露出醜態，我還是放鬆力氣，整個人癱了下去。

幸好只有哈林斯看見這樣的我。

就在這時，我突然想起本應出現在這裡的另一個人。

「亞娜呢？」

「正在替士兵治療。尤利烏斯，你不必把這件事放在心上，先休息吧。」

如果亞娜還在做事，那我也不能休息。腦海中才剛閃過這樣的想法，哈林斯就先一步制止了我。

「我明白了。」

我接受他的好意，把全身重量都靠上馬車的座椅。

間章　聖女與帝國老將

「亞娜，為什麼是妳？」

這是當我被內定為聖女後，跟我同為聖女候選人的友好前輩對我說的第一句話。

沒想到自己會被內定為聖女，為此歡欣鼓舞的我，被前輩的這句話潑了一頭冷水。

為了成為聖女，聖女候選人從小就得接受嚴格的訓練。

許多人忍受不了那些訓練，中途就放棄了。

我們過著這種艱辛的生活，是為了在將來成為聖女，並且進而成為勇者的助力。

因此，對聖女候選人來說，被選為聖女是至高無上的榮譽。

只有一個人能夠被選為聖女。

如果新任勇者沒有誕生，就連那僅此一位的聖女都不會出現。

依照慣例，聖女都是從與勇者年齡相仿的聖女候選人中選出。

不管是多麼優秀的聖女候選人，只要年齡與勇者差太多，就無法成為聖女。

絕大多數的聖女候選人都無法成為聖女。

即使如此，因為沒人知道勇者何時會死去，也沒人知道何時會需要新的聖女，所以各個年齡層的聖女候選人都會保持在一定的數量。
為了成為不曉得能否當上的聖女。
而我被內定為聖女了。
這可說是從天而降的好運。
所以，我既興奮又開心地跑去找前輩。
心裡想著，如果是平常總是對我這個後輩很溫柔的前輩，肯定會一起替我開心。
可是，前輩的第一句話讓我徹底明白自己錯了。
「啊……對不起。我不是那個意思……」
前輩似乎馬上就對自己說出的話感到後悔，向我道歉。
可是，也許是找不到其他的話語，她低著頭，轉身背對我，就這樣小跑步離開了。
前輩比我大了兩歲。
而成為勇者的尤利烏斯大人跟我同年。
如果是從與勇者年齡相仿的聖女候選人中選出聖女，那只差了兩歲的前輩應該也夠資格被選為聖女。
相較之下，除了年齡相同以外，我想不到自己被選為聖女的理由。
我的成績並不差，比平均還要好。
可是，以前輩為首，還有其他成績比我更好的聖女候選人在。

所以，雖然我有在努力，卻不覺得自己會被選為聖女。

視成績而定，無法成為聖女的聖女候選人可以得到不錯的職務。

那反倒才是我的目標。

雖然我也對聖女懷有憧憬，但從現實面來看，我覺得自己應該無法成為聖女。

所以，我對於成為聖女後要背負的責任重大並不了解。

所謂的成為聖女，就等於是背負了其他沒能成為聖女的聖女候選人的心願。

她們全都以成為聖女為目標，但卻沒能當上。

我必須繼承她們的願望，成為一名出色的聖女。

為了不讓別人跟前輩一樣，質疑我為何能夠成為聖女。

連我都不認為自己能當上聖女，對這個決定感到不服的聖女候選人應該有很多才對。

可是，已經決定的事情就不會再改變了。

我必須當個讓那些聖女候選人無可挑剔的聖女才行。

這有一半是出於責任感。

另一半則是出於恐懼。

得到任命的聖女，被換掉的理由只有三個。

一個是現任勇者尤利烏斯大人死去。

另外兩個則是——我無法完成聖女的職務。

也就是當我重病或重傷，且沒有機會康復的時候，以及死亡的時候。
聖女被聖女候選人暗殺的案例在過去並不多見。
由於聖女候選人全都受過情操教育，有著高潔的人格，所以會做那種事的人並不多。
不過，那種人並非完全不存在。
雖然我不願相信那些過去跟我同為聖女候選人的同伴會做那種事，但她們心中肯定懷有不滿。
畢竟就連跟我感情很好的前輩，劈頭第一句話都那麼不客氣了。
「嗚……！」
「聖女大人，請不要勉強自己。」
眼前的光景讓我不得不拚命壓抑從喉嚨深處湧出的東西。
奇怪的味道飄了過來。
那是鮮血與內臟的味道，以及因為生活習慣而產生的惡臭。
因為生活環境惡劣，在城鎮外面生活的盜賊一類人，體味都很重。
如果只論血腥味的話，我在教會裡接受聖女候選人的訓練時，就已經在真正的治療現場體驗過了。
雖然我剛開始也受不了血腥味，但多聞幾次後也習慣了。

可是，我之前只是在乾淨的病房裡治療傷患，不是在真正的戰場上。

這裡還混雜著許多當時沒有的臭味，戰後的戰場也飄散著塵土。

那些臭味全都夾雜在一起，讓與練習時無法相比的強烈嘔吐感向我襲來。

「別擔心我。勇者大人都那麼努力了，不能只有我畏畏縮縮的。」

我委婉地拒絕士兵勸我回到馬車上的建議，請他帶我前往傷患身邊，開始進行治療。

一旦開始治療，我就能集中精神，不會被周圍的事物影響。

不知道是幸還是不幸，自從這支人口買賣組織討伐隊組成後，都還沒有我出場的機會。

因為討伐隊裡除了我之外，也有正式的治療班隨行，而且目前為止的討伐行動都順利到不行，所以不需要我出面替人治療。

其實這次也沒人要我幫忙治療。

可是，既然勇者大人都主動參戰了，那我就不能什麼都不做。

「下一位！」

「聖女大人，傷患已經大致治療完畢了。」

被他這麼一說，我才發現已經沒有身受重傷的士兵了。

「那……那些被補的盜賊呢？」

聚集在此處的傷患就只有受傷的士兵。

那些被補的盜賊不在這裡。

跟勇者大人他們戰鬥後，他們應該也傷得不輕才對。

「……絕大多數盜賊都死了，不需要治療。」

「這樣啊……」

負責護衛我的士兵含糊其辭，讓我明白絕大多數盜賊都死得很慘。

「勇者大人也真是的，只要活捉那些人不就夠了嗎？」

也許是誤以為我在哀悼那些死去的盜賊，士兵說出責備勇者大人的話。

「不，你錯了。」

……老實說，勇者大人戰鬥的模樣令我感到害怕。

在我心目中，勇者大人是個非常溫柔的同年男孩。

他給人的感覺非常溫暖，讓人覺得他可能連隻蟲子都不會殺，而且臉上總是掛著和善的笑容。

雖然很失禮，但我甚至懷疑過他到底能不能夠與人戰鬥。

不過，我知道他很有責任感。那種努力想得到大人們認同的姿態，也讓我有種親切感。

我心想，這個人也跟我一樣，背負著沉重的責任在努力。

這真是天大的誤會。

勇者大人會這麼努力，雖然當然也是受了立場與責任感驅使，但正義感才是促使他努力的最重要因素。

「勇者大人沒有那種餘力。要是在這裡讓那些盜賊逃掉的話，他們就會逃竄各地，變得無法一次擊潰。然後，如果事情真的變成那樣，各地就會不斷出現小規模的損害。勇者大人就是看穿了這點，決定不惜勉強自己也要在這裡殲滅敵人，才會親自出戰。」

戰鬥時的勇者大人跟平時那種溫厚的模樣完全不同，散發出鬼氣逼人的魄力。

從那種毫不留情的激烈戰鬥方式中，我能感受到他想要徹底擊垮那些盜賊的強烈決心。

「咦？可是……勇者大人真的有想那麼遠嗎？」

「至少在我看來是這樣沒錯。」

「可是，就算他不在這時候勉強自己，就算敵人逃掉了，如果損害不會太大的話……」

「如果是你的家人受害，你還能說出同樣的話嗎？」

聽到我這麼說，還想找藉口的士兵猛然醒悟，低頭不語。

「在我們眼中，住在這附近的居民或許只是陌生人。可是，勇者大人正是為了拯救這些陌生人，才會勉強自己獨自衝出去應戰。」

在治療的過程中，我偷聽士兵們的對話，知道他們對擅自行動的勇者大人有所不滿。

有人說，他是因為想要立功才會亂來。

因為他還是個孩子，所以完全沒考慮到團隊合作。

因為必須保護的對象衝了出去，才會害得他們也不得不衝出去。

沒錯，勇者大人的獨斷行動並不值得稱讚。

可是，其理由卻比任何人都要為人民著想，充滿了正義感。
「她說得沒錯。」
回頭看向聲音的主人後，我發現副總指揮官迪巴大人正走向這裡。
不同於平時，他的聲音微微顫抖，彷彿在壓抑著情感一樣，讓我感到有些困惑。
「迪巴大人，你的手流血了！」
看到他緊握的拳頭正在滴血，我立刻衝過去準備治療。
「我沒事。」
但迪巴大人制止了我。
「為了警惕自己，我不能治好這個傷。」
迪巴大人攤開手掌看看傷口，然後又重新握緊拳頭。
「對於自己的不中用，我感到萬分羞愧。」
他靜靜地壓低聲音，如此說道。
「竟然讓勇者大人勉強自己，我這個副官太失職了。」
「……勇者大人還是個孩子，勉強自己不也是孩子的份內工作嗎？」
其中一位士兵——從穿著看來應該是隊長級的人物——用這句話安撫迪巴大人。
「那麼被一個孩子認為靠不住的我們又算什麼！正是因為我們不中用，勇者大人才會勉強自己！」

怒罵聲響徹周圍。

那位隊長的安撫反倒讓迪巴大人壓抑在心底的感情爆發了。

「我原本認為只要讓勇者大人慢慢成長，慢慢跟討伐隊的成員們拉近距離就行了，可是看來需要成長的人應該是我們才對。」

那位隊長移開視線，不敢直視迪巴大人。

「我都忘記這支討伐隊為什麼會存在了。那就是——就算只有一個也好，也要讓受到人口買賣組織迫害的無辜人民變少！勇者大人比誰都要清楚這件事，而我們完全沒搞懂！」

迪巴大人的聲音響徹周圍。

整支討伐隊的人肯定都聽見了吧。

我覺得情況不會馬上改變。

可是，這肯定能成為改變某些事情的契機。

我有這種感覺。

「喲，辛苦妳了。」

回到馬車後，勇者大人的隨從哈林斯舉起一隻手打招呼，迎接我的歸來。

這男生很幼稚，我不喜歡他。

「勇者大人呢？」

聽到我這麼問，哈林斯默默地指向馬車裡面。
我從窗戶往馬車裡面一看，就看到了坐著打瞌睡的勇者大人。
看到這副模樣，只會覺得他是個與年紀相符的純真少年。
不過，這位大人可是勇者。
他是世上獨一無二的天選之人。
「尤利烏斯今天相當努力了。他累了，暫時別吵醒他吧。」
「你這傢伙又來了。雖說你是勇者大人的兒時玩伴，也不能直呼他的名字啊！」
勇者大人是尊貴的大人物。
今天的事讓我重新體認到了這點。
然而，這傢伙對勇者大人實在太不客氣了！
「亞娜，我反倒要說妳呢。妳能不能別再叫他勇者大人了？」
「我還以為你要說什麼呢，別開玩笑了好嗎？」
對於哈林斯的提議，我嗤之以鼻。
這傢伙到底在說什麼傻話啊？
「我這可不是在跟妳開玩笑。你們兩個不是一輩子都要在一起嗎？雖然不是夫妻……」
「一一一……一輩子！夫夫夫……夫妻！」
經他這麼一說，好像真的是這樣！

我跟勇者大人嗎？

我想像了一下自己跟勇者大人互相依偎的光景，臉頰發燙。

在全是女生的聖女候選人訓練所長大的我，不習慣談論這種話題。

「……我可沒說妳跟尤利烏斯會變成那種關係，不過算了。」

不知為何，哈林斯有些傻眼地嘆了口氣。

「可是，勇者與聖女到死都不會換人也是事實。在其中一方死去以前，你們都會被綁在一起。」

正當我對哈林斯的態度感到惱火時，他用意想不到的認真語氣如此說道。

「難道妳打算一直維持現在這種拘謹的關係嗎？」

「這個嘛……」

被他這麼一說，我才發現自己確實可能對勇者大人太過見外了。

「我沒有叫妳故意裝熟，或是勉強自己立刻縮短跟他之間的距離。我只是覺得『勇者大人』這種會讓人感到隔閡的稱呼不太恰當。」

「隔閡……」

我懷著敬意稱呼他為勇者大人，卻給人這樣的感覺嗎？

「不過，我並不打算強迫妳。只不過，如果換作是我的話，我不會使用『勇者大人』這種好像只看到勇者這個稱號，而沒把尤利烏斯本人放在眼裡的稱呼。」

「沒把本人放在眼裡……」

我真的有好好看著勇者大……不，是尤利烏斯大人嗎？

我是不是戴著名為勇者的有色眼鏡在看他？

我突然對此感到不安。

「雖然被你這麼一說就馬上改掉令人不爽，但我會考慮的。」

「那就好。」

換作是平常的話，哈林斯這種時候明明會故意開我玩笑，但此時此刻的他卻露出了有如尤利烏斯大人般的溫柔笑容。

Yana

亞娜

本名是亞娜。她原本是孤兒，所以沒有姓氏。因為與尤利烏斯同年紀，個性表裡如一又認真，讓她被選為聖女。她身為聖女候選人的成績只有中上程度，雖然考慮到年齡的話已經非常優秀，但並沒有特別出眾。因此，即使她下定決心要做個合格的聖女，還是感到了不小的壓力。她對身為勇者與王子的尤利烏斯懷抱著憧憬以及同樣承受著壓力的同病相憐之情，並打從一開始就對尤利烏斯懷有近似於一見鍾情的好感，而這份好感沒多久就昇華為戀情了。

小蘇菲亞日記3

學校舉辦了入學典禮。
就這樣。
什麼？
叫我說清楚一點？
雖然入學典禮後還有同班小鬼們的自我介紹，但那些小老百姓的長相和名字根本不需要特別記住不是嗎？
雖然有幾個顯眼的傢伙就是了。
像是某個特別引人矚目的陰險男生。
還有某個看起來超級認真的班長類型女生。
或是某個將來似乎會變成美男子的流鼻水小鬼。
總而言之，裡面沒半個像樣的傢伙。
就這樣。
什麼？

說我好像沒有機會交到朋友？

誰要妳多管閒事了，我才不需要朋友呢！

Y4　尤利烏斯十二歲　激戰

「敵人的據點似乎位在遠離山路的廢村裡。」

迪巴先生一邊攤開地圖一邊說明情況。

以我為首的討伐隊指揮官們靜靜地聽著。

上次被人口買賣組織偷襲，讓討伐隊裡開始瀰漫著緊張感。

之前的討伐行動實在太過順利了。

雖說幾乎沒有出現傷亡，但討伐隊初次遭遇挫折，似乎讓隊長們也重新上緊了發條。

「如果要前往廢村，就只能走這條舊路。因此，敵人應該也會加強這裡的戒備。」

所有人都盯著攤開在桌上的地圖看。

「這可真教人頭痛……」

其中一人如此低語。

隊長們會露出傷腦筋的表情，並不只是因為上次的事情。

是因為這次要討伐的組織不好對付。

這個盤踞在廢村裡的組織，規模大到我們過去討伐的組織無法比擬的地步。

敵人以廢村作為據點這點也非常棘手。
雖說那裡已經沒人居住，但還留有過去有人生活過的痕跡。
換句話說，那裡具備了人要在那裡生活的大半條件。
讓人居住休息的房子。
讓人自給自足的田地。
確保水源的手段應該也不缺。
還有用來防範魔物的壁壘。
廢村裡備齊了這些設施。
然後，既然具備了這些設施，就表示那裡的生活很安穩，也會因此吸引更多盜賊同伴。
那裡具備了足以養活人數眾多的盜賊團的條件。
而人數就是力量。
不管能力值有多強，一般來說，要以少勝多非常困難。
除非是跟身為勇者的我一樣，擁有足以無視人數差距的能力值的人。
討伐隊裡聚集了世界各國的精銳，有著許多像我這樣的例外。
以盜賊為對手，他們應該可以一打二，甚至是一打三。
可是，前提是得把地利的因素排除在外。
根據事前調查的結果，那些盜賊盤據的廢村似乎是個小型要塞。

而且就跟迪巴先生說的一樣，從地圖看來，我們只能從正面發動進攻。

那裡可說是易守難攻之地。

我方的能力值優勢很可能會被敵方的人數與地利優勢抵銷。

「我們要不要分頭進攻？」

「不，就算要繞到敵營後方，也只能走山路。就算我們派出分隊，也只有極少數人能夠過去。」

「再說，就算成功繞到敵營後方，整座廢村也都被護牆圍住了。不管是要翻牆還是破牆而入，都很快就會被發現。也許這麼做能有出其不意的效果，但人數太少是很危險的。」

「嗯……看來只能光明正大地正面進攻了。」

在無路可走的山裡，就連要移動都很困難。

不但必須一路劈開擋路的草木，還會遇到棲息在山裡的魔物。

大部隊無法通過那種地方。

就算派出小部隊橫越難以通過的山，也還得接著與盜賊開戰。

因為過於危險而放棄這個提議可說是理所當然的結果。

「那支奇襲部隊就由我來率領吧。」

可是，正是因為這樣，我才要自告奮勇去做。

「勇者大人……這太危險了。」

其中一位隊長傻眼地勸我放棄。

難道你沒聽見剛才那些話嗎？隊長內心的想法溢於言表。

可是，我不能就此退縮。

要是我甘於躲在後方受人保護，就改變不了任何事情。

以前辦不到這件事，肯定是因為我的覺悟還不夠。

我缺乏與人戰鬥，殺死敵人的覺悟。

不過，我已經做好這樣的覺悟了。

再來只剩下付諸實踐而已。

為了盡可能拯救更多的犧牲者。

也為了盡量減少未來的犧牲者。

「好吧。」

我為了反駁而張開的嘴巴停住不動。

因為這個緣故，我看起來應該彷彿整個人都傻住了吧。

我確實被這句意想不到的話嚇傻了，所以這樣形容我並沒有錯。

只不過，不光是我，在場的隊長們似乎也都被這句話嚇傻了。

對我的想法表示贊同的人正是迪巴先生。

「不過，我不能讓你獨自前去，我會從自己的部隊派出幾名士兵。然後，我那邊還有一位實力不錯的冒險者，我也會拜託他一起前去。」
奇襲部隊的成員很快就決定好了。
「勇者大人，可以麻煩您從這條路徑繞過山，然後從敵人背後發動奇襲嗎？」
「啊……沒問題。」
因為這件事決定得太過乾脆，讓我只能楞楞地如此回答。
「迪巴大人！你到底在想什麼啊！」
可是，其中一位隊長回過神後，撞倒了椅子站起身，指責迪巴先生的決定。
「你這話是什麼意思？」
面對他的責難，迪巴先生露出真心感到費解的表情，疑惑地歪著頭。
「你怎麼能讓勇者大人去做那麼危險的事！你到底把勇者大人當成什麼了！」
「我還以為你想說什麼，原來是這種小事啊。」
「你居然說這是小事！」
迪巴先生像是聽到有趣的笑話般輕聲失笑。
不管任誰來看，都會覺得那樣的舉動是在汙辱這位隊長，而我不認為迪巴先生是那種人，所以驚訝得說不出話。
「是勇者大人自告奮勇接下這個任務，而我認為他有能力辦到，所以做了這樣的安排。有什麼問題嗎？」

「問題多到不行吧！如果勇者大人因為這樣出事的話，你打算怎麼負責！」

沒錯，就是這個。

這就是束縛著我的其中一條鎖鏈。

對這些隊長們來說，我不是可以託付生命的同伴，而是不能死掉的保護對象。

所以他才會說出負責這兩個字。

「為什麼你要在這種時候說出負責這兩個字？」

「什麼？迪巴大人，你不要太過分了。」

隊長心中的怒火逐漸累積。

「責任當然在勇者大人自己身上，畢竟是總指揮官自己說要踏上前線的。」

可是，迪巴先生這句話讓隊長閉上了嘴巴。

「你從剛才開始就對總指揮官的決定唱反調，我可以認為其原因是你懷疑身為總指揮官的勇者大人的實力嗎？」

「咦！不，我不是這個意思，只是……」

迪巴先生強調我身為總指揮官的立場如此說道，讓隊長感到畏縮，無法反駁。

即使這位隊長向其他隊長投以求救的目光，他們也只能尷尬地移開視線。

應該有許多人都暗自贊同了這位隊長的想法。

可是，不管實際情況是怎麼樣，要他們聲援不但違抗我這個總指揮官，還惹火迪巴先生這個副總指揮官的這位隊長，他們應該是辦不到的。

「可是！要是勇者大人有個萬一的話，那會是全世界的損失！請您三思！」

眼見不會有援軍挺身而出，這位隊長決定貫徹初衷，再次強調自己的主張。

如果考慮到他的立場，這種主張絕不能算是錯的。

「不光是懷疑勇者大人的實力，你連判斷他辦得到的我的眼光都要否定是嗎？」

可是，迪巴先生狠狠一瞪，否定了他的主張。

現場飄散著不容許這位隊長找藉口的氣氛。

「你剛才問我把勇者大人當成什麼，我現在就把這句話原封不動還給你。你到底把勇者大人當成什麼了？」

迪巴先生用嚴厲的語氣質問那位隊長。

對於這個問題，隊長無法做出回答。

「就是因為這樣，勇者大人才會認為你們不值得他託付性命。對於那些不把自己當同伴的傢伙，誰有辦法放心託付自己的性命？他不信任你們也是理所當然的事。」

迪巴先生不屑地如此說道。

「迪巴先生，我沒有那種意思……」

「勇者大人，您不必解釋，這都怪我們不中用。」

迪巴先生講得這麼狠心，讓我想要開口解釋，卻被迪巴先生本人制止。

「真要說的話，你們之中有幾個人能夠戰勝勇者大人？在我看來一個都沒有。連我自己都沒什麼把握能贏。實力比勇者大人還要弱的傢伙，又有什麼資格擔心勇者大人的安危？」

迪巴先生的說詞讓其中幾名隊長面露怒色，但看到表情更加憤怒的迪巴先生，他們就把話吞了回去。

「別說是保護勇者大人的背後了，我們甚至完全追不上他的背影。然而，你們卻對此毫無自覺，只因為大人與小孩的身分差別，便以保護者的身分自居。你們知道這種行為叫做什麼嗎？這就叫做幫倒忙！」

砰！迪巴先生一拳砸在桌上。

「必須與他並肩作戰的我們，不但沒能追上他的背影，還變成了他的枷鎖！勇者大人會對我們感到失望，想要單獨行動，也是沒辦法的事情不是嗎？」

咦！

對迪巴先生憤怒的話語感到最驚訝的人，或許是我也說不定。

其實我並沒有那種想法……

在鴉雀無聲的會議室裡，我沒有勇氣說出這句話。

「如果你們擔心勇者大人的安危，就展現出要在勇者大人發動奇襲之前攻下敵人據點的氣概吧。如果連這種事都辦不到，那些話只不過是只有嘴巴厲害的弱者的戲言罷了。」

在隊長們的眼神中，我看到了正靜靜燃燒的鬥志。

聚集在這裡的隊長們，全都是憑實力爬到現在地位的強者。

他們對自己的實力感到自負，被人說到這種地步，不可能就此退讓。

「好吧，那我就證明給你看，我不是那種只出一張嘴巴的傢伙。在勇者大人出場以前，我就會把敵人全部解決。」

隊長用閃閃發亮的眼神注視迪巴先生。

看來他似乎同意讓我率領奇襲部隊了。

想到這裡，我突然發現這一切或許都在迪巴先生的計算之中。

就結果來說，我的願望得以實現，而且隊長們也被激起了鬥志。

此外，這等於是跟隊長們做好約定，只要在我發動奇襲以前，討伐隊還沒攻下敵人據點的話，以後就不能干預我的行動。

這些自視甚高的隊長應該不會違背自己做過的約定。

正因為對自己的實力有信心，他們才不會在沒能達成目標時找藉口。

不過，我稍微看了一下地圖。

我依據地形大致計算出自己繞到敵人據點後方所需要的時間，並且算出隊長們從正面攻下敵人據點所需要的時間。

……不管怎麼想，我都不認為他們有辦法在我發動偷襲以前攻下據點。

或許因為心裡明白這點，其中幾位隊長露出了忍不住要嘆氣的表情。

看來一切真的都在迪巴先生的計算之中。

雖然在我的心目中，迪巴先生是個心思細密又明理的大人，但看來我有必要刷新自己的認知，加入他是個跟教皇一樣狡獪且不好對付的人物這項情報。

幸好他是站在我這邊的。

「走這邊。請小心腳下啊。」

在這名說話腔調獨特的男子帶領下，我們在山裡前進。

負責帶路的這位先生名叫霍金。

據說他以前是個盜賊，現在則是一位冒險者的奴隸。

「……」

而這位霍金先生的主人——吉斯康先生則默默地走著。

即使是在這種舉步維艱的山上，他走起路來也跟在街上閒晃一樣自然。

而且他並沒有疏於警戒，他會不時移動視線，而在他的視線前方總是能找到小鳥之類的小動物。

憑我的本事，可察覺不到那種小型生物的存在。

可見他的氣息感知技能等級應該很高。

這也是理所當然的事，畢竟吉斯康先生是位知名的冒險者。

他能配合狀況靈活運用各種武器，是個獨立升上了Ａ級的高手。
而且他還很年輕，大家都說他將來肯定能成為Ｓ級冒險者。
既然迪巴先生說他是實力不錯的冒險者，還讓他跟我一起行動，就表示這人不光是實力，就連人品都值得信賴吧？
所以，我們才會同意讓據說原本是個盜賊，感覺有點可疑的霍金先生帶路。
「為什麼我們非得跟著一個盜賊走不可？」
可是，並不是每個人都能接受這個決定。
亞娜小聲抱怨了一句。
她這人最討厭錯誤與扭曲的事情，正義感比別人強上一倍。
對亞娜來說，盜賊應該是必須被唾棄的吧。
雖說是過去的事情，但讓前盜賊跑來協助，似乎還是讓亞娜感到不太舒服。
「亞娜，霍金先生可不是妳想的那種盜賊喔。據說他只對腐敗的貴族和大商人下手，把得到的財物分給貧窮的人們，也就是所謂的義賊。」
哈林斯向亞娜說明了霍金先生的事情。
身為我的隨從，哈林斯也理所當然地參加了這次的作戰。
他應該是跑去跟迪巴先生交涉過，取得跟我一起行動的許可了。
「真的是這樣嗎！」

「我說的沒錯吧，怪盜千把刀先生？」

聽到哈林斯的呼喚，霍金先生一邊苦笑一邊回過頭來。

「那是我以前的外號啦。真是不好意思。」

「怪……怪盜千把刀！那不是超級名人嗎！」

怪盜千把刀是霍金先生的外號。

那是一位能靈活運用小刀玩弄對手，絕不放過獵物，總能確實偷走目標的盜賊。

他只會對不法之徒下手，還會把得到的財物換成食物，帶去孤兒院之類的地方分送。

由於怪盜千把刀不會直接分送贓物，而是匿名贈送食物，讓受害的貴族與大商人無法拿回那些東西，得到幫助的貧窮人民也都很感謝他。

實際做出了那種有如童話故事般的英勇行為的人，正是霍金先生。

透過吟遊詩人的宣傳，霍金先生的事蹟廣為流傳，在許多國家都能耳聞。

亞娜完全不曉得他就是那位名人，才會說出這樣的抱怨。

亞娜露出尷尬中帶有些許失望的複雜表情。

「他跟我想像中的不一樣……」

她小聲呢喃，聲音卻意外的被聽得很清楚。

雖然她趕緊摀住嘴巴，但在場眾人都是戰士，都擁有聽覺強化這個技能。

當她把話說出口時，大家就都聽到了。換句話說，她一開始的抱怨也被霍金先生聽見了。

正因為如此，哈林斯才會幫他說話。

「常常有人這麼說呢。因為在以我為題材的戲劇裡，都是由美男子來扮演我的。」

霍金先生看起來沒有不高興，只是面露苦笑。

在吟遊詩人的加油添醋之下，在怪盜千把刀的英雄事蹟被搬上舞台後，總是會由該劇團最紅的男演員負責扮演主角。

結果導致大家都以為怪盜千把刀是個美男子。只可惜，霍金先生本人很難稱作美男子。

雖然他意外的年輕，但外表卻很平凡，走在街上應該不會有人特別注意到他。

或許就是因為這樣，他才能做個怪盜也說不定。

「為什麼怪盜千把刀會變成奴隸？」

亞娜這次改用疑惑的視線看向身為霍金先生主人的吉斯康先生。

「其實我前陣子不小心失手了啦。結果我被那個人口買賣組織抓到，差點就被殺掉，還好老爺買下了我。」

「因為來自國家的委託，我也試著調查了一下那個人口買賣組織，跟那些傢伙有過接觸。因為單獨行動也遇到了瓶頸，我便以想要買下有戰鬥能力的奴隸為藉口，與對方進行交涉，結果成功買下了他。」

根據他們兩人的說法，霍金先生似乎是獨自對人口買賣組織展開調查，而吉斯康先生則是接下來自國家的正式委託，為了調查人口買賣組織而與對方有過接觸。

在這個過程中，霍金先生被人口買賣組織抓住，結果被找上人口買賣組織，假裝要購買戰鬥奴隸的吉斯康先生買下了。

「我很感謝老爺的救命之恩。」

「那你就努力工作報答我吧。」

雖然有著奴隸與主人的身分差距，但感覺得出來他們兩人的關係似乎不錯。

霍金先生的脖子上沒有項圈，這就是最好的證據。

人口買賣組織會替被抓到的人戴上特殊的項圈。

一旦戴上那種項圈，就無法違抗主人的命令。

沒人知道那種項圈的製造方式。

據說上面八成附加了使役系的技能，還經過特殊的加工處理，神言教的研究機構頂多只能搞懂這麼多。

換句話說，這代表人口買賣組織的技術比神言教的研究機構還要厲害。

為什麼一個人口買賣組織會擁有這麼厲害的技術？

雖然謎團重重，但我要做的事情不會改變。

「嘿嘿嘿。讓我去過一次據點，竟然還敢放我離開，那些傢伙真是太不小心了，我會讓他們為此付出代價。」

霍金先生揚起嘴角。

我們會請霍金先生帶路，是因為我們準備前往的廢村據點，就是他當初被抓的地方。

由於他在那之前也調查過這座山，所以沒人比他適合帶路。

他不愧是當過盜賊的人，不但熟知不會被人發現的路線，還輕易避開了至今為止我們遇到的，敵人設下的陷阱。

「目的地就在眼前了喔。」

多虧有霍金先生帶路，我們順利繞到那個廢村的後方了。

有別於廢村這兩個字給人的印象，這個據點打造得非常牢固。

雖說全由木頭打造，但整座廢村都被護牆圍繞，正面舊路的前方也建了大門，甚至連瞭望塔都有。

就跟事前調查的結果一樣，這裡就像是座小型要塞。

想要正面攻下這座要塞似乎很困難。

如我所料，討伐隊本隊似乎還沒突破敵人的正面守軍，戰鬥的聲響傳了過來。

隊長們要在我發動奇襲之前攻下據點的誓言似乎無法實現了。

一切都照著迪巴先生的計畫在進行，我一邊苦笑一邊準備發動魔法。

『聽好，尤利烏斯，如果只是要使用魔法的話，只要發動技能就夠了。但是，如果要真正活用魔法的話，光是這樣還不夠。你必須意識到自己平常如何發動魔法，然後思考該如何更猛烈、更迅速、更正確地發動魔法。』

師父的教誨閃過腦海。

雖然他是個怪人，卻總是能精確地教導我變強的方法。

我遵從他的教誨，把意識集中在準備發動的魔法上。

「等到我用魔法破壞護牆之後，大家就同時發動突擊吧。」

如此告知隊員後，我準備發動魔法。

「我要上了！」

在發出吆喝的同時，我放出聖光魔法中的聖光球。

高速飛射出去的光球撞上木製護牆，一邊發出巨響一邊炸裂開來。

現場什麼都沒有留下，地面被光球挖開，變成不適合發動突擊的地形。

也許我該稍微控制一下威力會比較好。

看來我還太嫩了。

「全軍突擊！」

「「「喔喔喔喔！」」」

為了掩飾自己的失敗，我大聲喊叫，跟隊員們一起衝進廢村。

看到從後方破壞了護牆殺進去的我們，忙著防衛正面大門的人口買賣組織成員全都慌了。

他們似乎沒想到會有敵人從後方打破護牆衝進去。

畢竟木牆確實足以防範附近弱小魔物的入侵，尋常士兵應該也很難突破。

可是，面對真正的強敵，木牆根本一點用處都沒有。

過去在前沙利艾拉國的蓋倫家領地，就連保護城鎮的城牆，都擋不住那群白色蜘蛛。

為了在未來與跟當時一樣，甚至更加強大的敵人戰鬥，我怎麼能連這種程度的木牆都打不破！

人口買賣組織的成員們趕緊回過頭來，準備迎擊我們。

可是，在我們殺進來的同時，本隊似乎也對正門發動了攻勢，讓敵軍完全亂了陣腳。

眼見機不可失，我一鼓作氣加速衝進敵陣。

待在敵陣前方——本來應該是最後方的敵軍男子，連武器都沒有舉起來，站在原地顯得不知所措。

我揮劍砍向這位滿是破綻的敵人，沒有確認結果就從他身旁衝過，接著砍向下一位敵人。

每當我揮出劍，掌中都會傳來斬斷肉的觸感，血花四處飛濺。

這根本連戰鬥都稱不上，只有敵軍接二連三地喪命。

「嗚喔啊啊啊啊！」

其中一名敵軍不顧一切衝了過來。

他大力揮舞手中的棍棒，使勁向我砸了過來。

「喝！」

哈林斯衝進我和那位敵軍之間，用左手拿著的盾牌架開棍棒，然後順勢用右手上的劍刺穿敵人的脖子。

「笨蛋！你衝太快了啦！」

「這種程度不算什麼！我要全力以赴！」

哈林斯勸我別衝太快，我卻反而說要繼續往前衝。

「危險！」

就在這時，一支箭向我射了過來，但被吉斯康先生的鎖鐮擊落了。

「感激不盡！」

向他道過謝後，我沒有停下動作，繼續砍向其他敵人。

放箭的敵軍被吉斯康先生丟出的斧頭解決了。

在後方戰場上，隨著我一起衝入敵陣的其他士兵正與敵軍展開戰鬥，而亞娜則負責支援他們。

至於前方戰場，則因為我們的奮戰，讓敵軍露出巨大破綻，大門輕易就被突破了。

我方士兵從被破壞掉的大門一擁而入。

這麼一來，敵人就再也擋不住我們了。

沒多久後，我們便鎮壓了敵軍。

「可惡！該死的混帳！」

被俘虜的敵軍倖存者破口大罵。

「這又不是我的錯！我是為了還債啊！為了活下去，我只能這麼做了啊！這應該不難理解吧！喂！」

在被俘虜的敵軍之中，因為傷勢不重而最早醒過來的這傢伙一直像這樣大吼大叫。

難道他知道自己之後會有什麼下場嗎？

「喂！那邊的小鬼頭！我有個跟你差不多大的兒子啊！我不能死在這種地方啊！喂！」

男子把矛頭指向碰巧路過的我。

跟我一起路過的其中一位士兵，默默地把手伸向劍，但我制止了他。

「不管有什麼理由，都不能因為自己不幸，就讓別人也陷入不幸。」

我丟下這句話後就離開了。

男子依然在大吼大叫，不管我對他說什麼，他八成都聽不進去吧。

人會輕易犯下惡行。

在跟這支討伐隊一起行動的過程中，我看過太多例子了。

人口買賣組織的成員裡有著各式各樣的人。

有些人跟剛才那名男子一樣，是因為生活窮苦而犯罪。

有些年輕人是因為父母待在組織裡，就順勢加入了組織。

也有些人原本就是壞人，喜歡欣賞別人陷入不幸的模樣。

每個人加入人口買賣組織的緣由都不一樣。

不過，他們都有一個共通點。

那就是並不為此感到後悔。

對於自己做了壞事這件事，他們全都不感到後悔。

當然，有些人會在被處刑的時候表示後悔。

可是，那不是在懺悔自己犯下的惡行，而是對於被抓來處刑這件事感到後悔。

為什麼我當時不能更小心一點呢？

他們腦中只有這種無可救藥的想法。

我曾想過要費盡唇舌勸他們悔改。

可是，在我付諸實行以前，就不得不踏上旅途，前往新的戰場。

人會輕易犯下惡行。

然後，如果要把人拉回正途，就得耗費漫長的時間以及旁人的耐心。

墮落容易，回頭困難。

雖然墮落的契機有很多種，但如果要回頭的話，就必須先讓本人對自己的所作所為感到後悔才行。

如果毫無自覺自己做的壞事有多過分，人就不可能真心懺悔。

然而，不管是我還是他們，都沒有那麼多時間。

我必須輾轉於各地，他們也必須為自己犯下的罪接受同樣比例的懲罰。
而絕大多數人受到的懲罰，都是在嚴刑逼供後被處死。
如果有時間讓他們悔改，還不如榨乾他們的利用價值，然後趕快處理掉比較有效率。
因為比起犯下罪過的他們，拯救至今依然受到人口買賣組織折磨的無辜人民有意義多了。
我可以理解這個道理。
可是，我不確定這樣是否正確。
也有些人是因為別無選擇才加入人口買賣組織。
可能是由於生活困難、故鄉被魔物襲擊，或是在組織裡面出生等等的原因才加入。
不給他們改過自新的機會就處罰這些人真的是對的嗎？
……就算我這麼想，或許也無法改變任何事情。
即使如此，我還是認為自己必須跟迪巴先生說的一樣，持續思考什麼才是正義。
現在的我只能做自己力所能及的事情。
如果有時間讓一名罪犯改過自新，還不如把那些時間拿來拯救更多無辜受苦的人。
雖然人命與其一生的價值無法用單純的數量來衡量，但犯罪者與無辜人民孰輕孰重，根本連想都不用想。
如果我知道更能說服他們的方法，情況或許就不一樣了。
可是，因為我不知道那種方法，所以只能按照優先順序，拯救能夠拯救的人。

可以拯救所有人當然最好，但我也知道自己辦不到那種事。
我必須在明白這點的情況下做到最好，盡量拯救更多的人。
不管那有多麼困難，我都要做到。
因為我是勇者。

間章　前盜賊與冒險者

「你很在意嗎？」

我向看著勇者的霍金如此問道。

「老爺……嗯，我是很在意。」

霍金心不在焉地點了點頭。

看來他真的很在意。

霍金喜歡小孩子，似乎是因為這樣才會成為怪盜。

因為他想盡量讓更多孩子免於不幸。

儘管他長期置身於黑社會，卻依然是個天真的傢伙。

不過，不討厭這樣的霍金的我，其實也半斤八兩就是了。

「老爺，你覺得他怎麼樣？」

霍金這個抽象的問題，讓我有一瞬間不曉得該如何回答。

但我很快就發現自己沒理由猶豫，便誠實說出內心的想法。

「他是個了不起的孩子。」

勇者才小小年紀就已經超越尋常大人了。

不光是戰鬥能力，就連意志力也很強大。

他殺進敵方組織據點，展現出那種英勇的表現，卻還能保持平靜，這就是最好的證據。

就算是大人，如果不習慣戰鬥，也會對揮劍砍人這件事感到猶豫，但他完全沒有表現出那種樣子。

一個人到底要跨越多少難關，才能在小小年紀就達到那種境界？

至於戰鬥能力的部分……光靠他一個人，就幾乎要把據點毀掉一半。

雖然我在途中對他伸出了援手，但就算我不那麼做，他應該也能避開那支箭。

畢竟他當時還有餘力向我道謝。

不過——

「就是因為這樣，你才會擔心他對吧？」

他才小小年紀就已經如此成熟，表示他經歷了相當多的事情。

而且不管他有多麼成熟，實際上也仍然是個孩子。

如果讓一個孩子累積太多痛苦的經驗，他總有一天或許會崩潰。

這就是霍金擔心的事情。

「其實你不需要替他擔心，那是勇者身邊的大人們的工作。在我看來，迪巴先生就相當注意這個問題。既然他身為勇者，就沒辦法當個普通孩子不是嗎？我相信事情不會變得太嚴重。」

雖然我跟身為副總指揮官的迪巴先生相處的時間並不長，但即使時間不長，我還是明白了一些事情。

我覺得他不但把勇者當成長官擁戴，當成勇者尊敬，還把勇者當成一個人，替他著想。只要有他待在勇者身邊，勇者應該就不會遇到太過分的事情吧。

可是，即使聽到我安慰的話，霍金的表情也還是一樣陰沉。

「為什麼非得讓那種孩子戰鬥不可呢？」

霍金是在黑社會裡打滾過的人。

答案他應該早就知道了吧。

即使如此還是要問出口，要不然就無法嚥下這口氣，這代表霍金對這個世界感到憤怒。

這傢伙果然很天真。

但是，這種人是有必要存在的。

尤其是在勇者這個象徵著世界的善意的人身邊。

「我會去跟迪巴先生商量，請他讓我們正式加入討伐隊。」

聽到我這麼說，霍金猛然抬起頭來。

「既然你會擔心，我們就在旁邊守候著他吧。對於作為冒險者的單獨活動，我也正好感到瓶頸了。反正這樣也能得到協助勇者大人的美名，我們不如就好人做到底吧。難道不是嗎？」

「老爺……謝謝你。」

你不需要向我道謝。

我聳聳肩膀如此回答。

於是，我和霍金加入了討伐隊。

小蘇菲亞日記4

可惡，氣死人了！

問我為何這麼生氣？

都是因為那個可惡的陰險小子一直跑來惹我啦！

而且表面上還裝成不是來找麻煩的樣子！

他會爽朗地跑來找我說話，說他自己能辦到哪些事情，然後問我辦不辦得到。

然後，只要我回答辦得到，他就會老實地稱讚我。

可是眼神裡毫無笑意！

他還會跑去問班上的其他人同樣的問題，如果對方回答辦不到，他就會安慰對方，說他願意盡力幫忙，甚至願意指導對方。

雖然班上的男生跟女生都被他這招輕易騙去，但那其實只是他占據優勢地位的手段。

他想讓自己成為班上的上流階級。

什麼？

妳說我想太多了？

嘖嘖嘖。

天真……

太天真了。

妳知道嗎？

校園階級可是超級重要！

自己屬於哪個階級的人，會讓校園生活出現戲劇性的變化！

上流階級當然最爽。

可以過著美好的校園生活。

中間階級還算過得去。

應該可以在某種程度上謳歌青春吧。

如果是下流階級的話就可憐了。

要不是每天躲在角落被人當成空氣，就是變成別人霸凌的目標！

……妳問我怎麼知道這麼多？

……因為我前世時就是下流階級的人。

不……不准同情我！

不要啊！拜託別用那種溫柔的眼神看我！

Y5　尤利烏斯十三歲　暗潮洶湧

我在熟悉的城堡走廊上漫步。

這裡是亞納雷德王國的王城。

也就是我的老家。

自從成為勇者以後，我大部分時間都住在聖亞雷烏斯教國提供的房間裡，很久沒回來這裡了，但我依然覺得這裡是自己的歸宿。

這裡給我一種在聖亞雷烏斯教國感受不到的平靜。

但是，只有我有這種感覺。

拉著我的手臂走在旁邊的亞娜，現在緊張得不得了。

亞娜不是穿著平時那種樸素且方便行動的聖女服裝，而是穿著以白色為基調的禮服。

那是件符合聖女的清純形象，不會太過奢華，但行家都能看出其價值的禮服。

這件禮服是特別為亞娜量身訂做的，非常適合她。

……不過，可惜穿著這件禮服的人明顯太過緊張，表情異常緊繃，讓魅力減了一半。

她走路的動作也很僵硬，如果沒有我在旁邊帶領，說不定早就跌倒了。

為了參加典禮，我跟亞娜特地回國了。

這是亞娜頭一次造訪王城。

在實際來到這裡以前，她似乎很想知道王城是什麼樣的地方，一直很興奮。

亞娜是正值青春年華的女孩，對於城堡這種東西似乎抱持著憧憬。

雖然亞娜沒有說出這種想法，但她這人藏不住心事，看到她那種難掩興奮的模樣，就讓我藏不住笑。

可是，實際踏進王城後，她似乎緊張到顧不得參觀了。

因為亞娜個性認真，她肯定會覺得作為聖女的自己不能丟臉，給自己多餘的壓力。

「亞娜。」

我覺得繼續這樣下去她反而會出糗，便在進到會場前向她搭話。

聽到我的呼喚，亞娜就像是門軸不太靈光的門一樣，僵硬地轉過頭來。

「緊張嗎？」

「才……才沒有那種事呢。」

就算她用這種語無倫次又幾乎聽不見的聲音否認，也完全沒有說服力。

「妳很緊張對吧？」

「……對不起，我很緊張。」

被我問了第二次，亞娜一臉抱歉地如此回答。

我覺得不會說謊是她的美德。

不過，我也覺得她這樣是無法在貴族社會中生存的。

「妳會緊張也不能怪妳。」

雖然亞娜貴為聖女，但她並不是貴族子弟，以前很少像這樣參加正式的典禮。

雖然她可能曾經以聖女候選人的身分幫忙舉辦典禮，但她參加過的正式典禮，應該頂多只有聖女的任命典禮吧？

換句話說，她缺乏經驗。

「我知道不能緊張，但就是控制不住自己……」

亞娜用顫抖的聲音如此回答。

「不，妳錯了，沒有不能緊張這種事。」

亞娜努力讓自己不要緊張，但我給了她完全相反的建議。

也許是無法理解我這句話的意思，亞娜快速地眨了眨眼睛。

「就是因為覺得不能緊張，才會讓妳變得更緊張。這種時候會緊張也很正常，所以妳最好不要勉強自己不去緊張。」

「可是……」

「妳知道什麼是適度的緊張感嗎？」

比如說在戰鬥的時候，比起放鬆精神，稍微保持一點緊張感，會讓人更能發揮實力。

當然，要是太過緊張的話，就會跟現在的亞娜一樣無法發揮實力。

雖然很難拿捏分寸，但緊張並不一定就是壞事。

因為一個人會緊張，代表他的精神也同樣集中。

「妳要緊張也沒關係，不用太害怕自己會出錯。只要盡力而為，到時候自然會有好的結果。妳可以放鬆一點，要是妳因為太過緊張，沒辦法發揮平常實力的話，不就太可惜了嗎？」

聽到我這麼說，亞娜像是在反覆咀嚼我的話一樣，輕輕地點了幾次頭。

「真不愧是尤利烏斯大人，說起話來就是能打動人心，跟某人不一樣。」

她口中的那個某人，應該是哈林斯吧。

因為哈林斯還是一樣喜歡捉弄亞娜。

「妳說的那個某人，也在典禮會場裡面喔。」

聽到我暗示說，要是她繼續緊張下去，之後絕對會被捉弄後，亞娜睜大了眼睛。

臉上寫著「我絕對不會讓那種事情發生！」。

表情也變得認真起來，展現出絕對不願被人調侃的決心。

雖然有句話叫做感情好到會吵架，但我總覺得亞娜與哈林斯的關係好像不是那樣。

該說是亞娜被哈林斯玩弄於指掌之間呢？還是該說是被他當成了玩具？

總之，亞娜好像變得不那麼緊張了。

這麼一來，她應該不會犯下什麼大錯了吧。

雖然我覺得她會朝奇怪的方向努力，最後白忙一場就是了。

「那我們過去吧。」

「好的！」

我們踏著比剛才輕快的步伐前往會場。

沒多久後，我們便抵達會場，走了進去。

會場裡已經來了許多人。

雖然典禮還沒開始，但會場裡已經聚集了很多人，卻異常安靜。

我輕輕拉著被這種獨特的氣氛震懾住的亞娜的手，露出微笑，使她放心。

然後就這樣走向會場深處，在最裡面，王族聚集的地方停下腳步。

正妃、薩利斯大哥、第一側妃、第二側妃與我弟弟列斯頓都在那裡。除了我之外，所有人都到場了。

「你遲到了。」

薩利斯大哥不太高興地斥責我。

大哥最近總是擺著一張不太高興的臭臉。

他以前明明不是這樣的……

「非常抱歉。想到這是弟弟與妹妹的大舞台，讓我昨晚緊張得睡不著覺，結果今天稍微睡過頭了。」

聽到我這樣找藉口，亞娜用難以置信的表情看了過來。

因為我當然沒有睡過頭，會稍微遲到，是為了要幫亞娜消除緊張。

可是，因為不知道該不該實話實說，我只好選擇說謊，但亞娜的反應已經讓大家都發現那是謊言了。

這些每天都在跟貴族勾心鬥角的王族，應該都看出我是在袒護亞娜了吧。

「大哥，你就別生氣了吧。反正他們又不是沒趕上典禮，你也不用這麼吹毛求疵吧？」

列斯頓跳出來勸說大哥。

「列斯頓，你也一樣。別在這種正式場合叫我大哥，要叫我兄長大人。」

但看來他的勸說只有反效果。

目標從我變成列斯頓了。

說不定列斯頓是為了把大哥的目光從我們身上移開，才會故意這麼做的。

雖然列斯頓總是一副放蕩不羈的樣子，但他不會在這種事情上出紕漏。

「你們兩個都給我住口。」

一道不容分說的冷酷聲音制止了還想繼續爭吵的大哥與列斯頓。

聲音的主人是正妃。

「可是，母親大人……」

「看看四周吧，不要繼續丟王族的臉。」

正妃毫不客氣地斥責大哥這個自己親生的孩子。
正妃這番話似乎讓大哥意識到了旁人的目光，臉色瞬間變得慘白。
「不好意思，我的家人失禮了。」
正妃向亞娜道歉。
可是她並沒有低頭。
而且也不主動報上名號。
在亞納雷德王國有個規矩，必須由地位較低的人，先向地位較高的人自我介紹並且問好。
亞娜是聖女，是聖亞雷烏斯教國的人。
就地位來說，跟正妃並沒有高低之分。
可是，亞娜是作為我的同伴前來參加這場典禮。
雖然我是勇者，但在亞納雷德王國裡的地位比正妃還要低。
如果讓正妃先打招呼，就等於是間接告訴旁人，正妃的地位在我之下。如果讓亞娜先打招呼，就可能被別人解讀為不把聖亞雷烏斯教國放在眼裡。
到底該不該讓亞娜先打招呼，是個很難判斷的問題。
「我來介紹一下。這位是以我的同伴身分參加這場典禮的聖女亞娜大人。」
所以，這時候應該由我來替她們做介紹才對。
因為太過緊張，亞娜沒有開口，只行了個動作僵硬的屈膝禮。

雖然很難說她這麼做是對的，但是在這種上下關係有些微妙的場合，這種應對方式也很難說是錯的。

「感謝妳對尤利烏斯的照顧。」

正妃用像在評鑑亞娜的眼神看著她，如此說道。

「您……您別這麼說，反倒是我一直受受受到尤利烏斯大人的照咕嗚！」

……她口齒不清了。

剛才好不容易幫她放鬆的精神，似乎又變得緊張起來了。

這或許怪不得她吧。

被正妃瞪著看，不習慣的人當然會畏縮。

正妃給人的壓迫感就是如此強烈。

「典禮很快就要開始了。雖然妳可能會覺得無聊，但請等到典禮開始吧。」

經過剛才的對話後，正妃似乎就對亞娜失去了興趣，移開視線看向前方。

大哥、列斯頓、側妃們也跟她一樣，閉上嘴巴站著不動。

我小聲對快要哭出來的亞娜說了聲「沒事了」，然後同樣站在眾人身旁。

其實剛才那樣或許很難算是沒事……

我覺得剛才的對話已經讓正妃放棄亞娜了。

她已經被當成是個放著不管也沒差，可有可無的傢伙。

最後正妃還是沒有報上名號，這就是最好的證據。
因為那張撲克臉顯露出來的感情太少，老實說，我也不太懂正妃的想法。
相較於同時兼具為政者與父親這兩種面貌的父親，正妃只讓我看到她身為為政者的那一面。
她可說是有別於教皇的另一種為政者的榜樣。
相較於把各種心機與盤算藏在和善微笑底下的教皇，正妃的撲克臉則把一切都藏了起來。
這就是我認識的正妃。
所以，我不知道正妃到底對亞娜抱有什麼樣的想法。
只不過，不管她內心是怎麼想的，她的態度恐怕以後都不會改變吧。
只要亞娜還是聖女，正妃應該會對她的身分表現出一定程度的敬意。
不過，至於她對亞娜本人的看法，我就不得而知了。
「陛下進場。」
時間在獨特的緊張感籠罩下流逝，典禮總算開始了。
父親大人走進會場，站在設置在會場內部的臺座後方。
「修雷因大人、蘇蕾西亞大人進場。」
司儀接著喊出修雷因與蘇的名字。
台座對面的門打開後，修雷因跟蘇就現身了。
他們兩人在鋪在會場中央的紅色地毯上昂首闊步。

明明還年幼，他們走路的模樣卻已經能讓人感到威嚴。

看到那種絲毫不會緊張，理所當然地承受著周圍視線的威風模樣，從會場四面八方都傳來了小聲讚嘆的聲音。

沒多久後，修雷因與蘇來到臺座前面，屈膝跪下。

「鑑定之儀即將開始。」

父親大人如此宣布。

今天這場典禮，是修雷因與蘇的鑑定之儀。

為了這一天，我們特地向討伐隊請假回國。

雖然即使我們不在，討伐隊也依然在活動這件事，讓我感到有些過意不去，但迪巴先生要我回來見證弟弟與妹妹的光榮時刻。

在成功討伐占據廢村的人口買賣組織後，隊長們遵守跟迪巴先生之間的約定，再也不對我的行動說三道四了。

在那之後，我自願踏上前線，由迪巴先生在後方負責指揮。

只要想到有迪巴先生在後方壓陣，我就能放心地專心戰鬥。

在那之後，迪巴先生也屢次勸說隊長們，給了我很大的幫助。

拜此所賜，討伐隊裡的大家也逐漸開始認同我了。

這一切都是多虧了迪巴先生的努力。

我對他可說是感激不盡。

「好，修雷因．薩剛．亞納雷德，你可以起身了。」

「遵命。」

我本來還很猶豫到底該不該參加這場典禮，但我現在覺得有來真是太好了。

我這個比實際年齡還要成熟的弟弟，變得比我想的還要出色了。

如果可以的話，我很想讓母親大人也看到修雷因的成長，但我只能連她的份一起，把弟弟的模樣深深烙印在眼裡。

感動的時間結束了。

當用來放映的魔道具顯示出修雷因的鑑定結果時，會場內發出一陣騷動，打破了原本的寂靜。

〈人族　ＬＶ1　姓名　修雷因．薩剛．亞納雷德

能力值

ＨＰ：35／35（綠）　ＭＰ：348／348（藍）

ＳＰ：35／35（黃）　：35／35（紅）

平均攻擊能力：20（詳細）　平均防禦能力：20（詳細）

平均魔法能力：314（詳細）　平均抵抗能力：299（詳細）

平均速度能力：20（詳細）

技能　技能點數：100000　稱號　無

「魔力感知ＬＶ８」「魔力操作ＬＶ８」「魔鬥法ＬＶ６」「魔力附加ＬＶ５」
「魔力擊ＬＶ３」「ＭＰ恢復速度ＬＶ７」「ＭＰ消耗減輕ＬＶ２」「劍術才能ＬＶ３」
「破壞強化ＬＶ２」「氣鬥法ＬＶ２」「氣力附加ＬＶ１」「集中ＬＶ５」
「命中ＬＶ１」「閃避ＬＶ１」「視覺強化ＬＶ４」「聽覺強化ＬＶ７」
「嗅覺強化ＬＶ２」「味覺強化ＬＶ１」「觸覺強化ＬＶ１」「生命ＬＶ５」
「魔量ＬＶ８」「爆發ＬＶ５」「持久ＬＶ５」「強力ＬＶ５」
「堅固ＬＶ５」「術師ＬＶ８」「護法ＬＶ７」「疾走ＬＶ５」
「天之加護」「ｎ％Ｉ＝Ｗ」
〉

比起其他頭一次參加鑑定之儀的同年齡孩子，他的技能與能力值都出色了許多。
這不是問題。
因為修雷因本來就很優秀。
即使撇除掉我這個親人的偏心，修雷因也可說是個天才。
就算他擁有這麼高的能力值，我也不會驚訝。
可是，那個名叫「天之加護」的技能非常不妙。
那彷彿是在告訴大家，修雷因是天之驕子。

我斜眼瞄向正妃。

從那張毫無變化的撲克臉上，我無法看出她內心的想法。

換了會場後，第二場宴會開始了。

這是典禮結束後的慶祝宴會。

話雖如此，我心中卻是百感交集。

「喂，勇者大人躲在角落當壁花真的好嗎？」

哈林斯跑來找躲在會場裡不起眼角落的我和亞娜。

「今天的主角是修雷因和蘇，我們還是別太引人矚目比較好。」

「說得也是。」

哈林斯聳聳肩膀。

換作是平常的話，亞娜肯定會斥責態度放肆的哈林斯，但她今天卻像是變了個人一樣乖巧。

哈林斯似乎也不打算捉弄那樣的亞娜，刻意放著她不管。

既然他能在亞娜真正陷入困境時這麼貼心，平常也保持這樣不就好了嗎？

「哈林斯，別只顧著說別人了，你難道不用去跟修雷因和蘇打聲招呼嗎？」

雖然哈林斯是這副德性，但他可是克沃德公爵家的次男。

身為與王室親近的公爵家的一分子，他應該有義務要去問候今天的主角才對。

「反正我跟你的交情好，遲早會遇到向他們打招呼的機會，所以就過來避難了。我可不想在那邊慢慢排隊。」

哈林斯一邊苦笑，一邊看向在會場中央大排長龍的隊伍。

那些都是等著要跟修雷因與蘇打招呼的人。

雖然只有高位貴族有資格參加鑑定之儀，但某些下位貴族也被允許參加這場慶祝宴會。

具體來說，就是那些家裡有著年紀跟修雷因與蘇差不多的孩子的貴族可以參加。

那些想讓孩子接近修雷因與蘇，甚至是想藉此跟王家打好關係的貴族，全都在那邊大排長龍。

只不過，看到鑑定之儀的結果，我擔心事情並沒有那麼單純。

「看來事情變得有點麻煩了。」

「……是啊。」

「嗯？」

我對哈林斯的說法表示肯定，但亞娜似乎聽不懂我們在說什麼。

我把從服務人員那裡拿到的蛋糕交給亞娜。

亞娜的眼睛馬上亮了起來。

我知道她一直在偷看蛋糕。

亞娜，妳還是維持現在這樣就好了。

「你打算怎麼辦？」

「不怎麼辦。很遺憾，幾乎沒有我幫得上忙的地方。」

以勇者的身分參加討伐隊的我，對國內的事情很難幫得上忙。

勇者的威望在王國裡也不管用。

正妃的影響力太強了。

有力貴族幾乎都隸屬於正妃那一派。

就算想要求助於正妃派以外的貴族，由這件事來看，反倒是那種人更需要加以提防。

「只能期待陛下與正妃大人管好那些笨蛋了。」

「嗯。」

即使在意我們兩人的對話，亞娜依然無法抗拒蛋糕的魅力，大口吃個不停。

我和哈林斯擔心的事情就是——或許會有人策劃要把修雷因拱上王位。

權力鬥爭——

那是每個國家或多或少都存在的事情。

亞納雷德王國也不例外，貴族們每天都在勾心鬥角。

而最近幾年，貴族們都在議論某件事情。

「薩利斯王子真的有資格成為下一任國王嗎？」

雖然這麼說不太好，但身為正妃獨生子的薩利斯大哥是個凡人。

不管是學業還是武術，甚至是其他能力，他都跟平常人差不多，沒有特別出色的地方。

為了讓自己有資格成為下一任國王，大哥並不欠缺努力。

只不過，他的努力並沒有伴隨結果。

話雖如此，他的能力也不比平常人差。

只要有部下幫忙，他的能力完全足以應付國王的職務。

所以，如果薩利斯大哥是唯一的繼承人，那就不會有任何問題。

可是，實不相瞞，我的存在讓事情變得麻煩了。

我是勇者。

是擁有世界上獨一無二的特別稱號的人。

而且還是這個國家的王子。

話雖如此，但沒人會想要讓我當上下一任國王。

勇者當上國王這種事，從來不曾發生過。

事實上，考慮到勇者的職責，勇者應該是不能擔任國王的。

因為勇者必須把一切都貢獻在與魔族之間的戰鬥上。

唯一的例外，就只有鄰近魔族領地的人族守護國家——連克山杜帝國的劍帝而已。

如果是劍帝的話，或許能夠兼任勇者也說不定。

因此，除了這唯一的例外，過去即使有出現過出身王族的勇者，那個人也一輩子都無法當上國王。

我也不打算成為國王。

可是，萬一那位勇者有個優秀的弟弟，情況又會如何呢？

光是身為有著勇者哥哥的王子，就已經具備了強大的號召力。

而且本人也很優秀，還擁有「天之加護」這種彷彿被神認定的技能。

然後，這個國家目前是由正妃派的人掌權。

那些不屬於正妃派的貴族，全都想要拉下身為正妃兒子的大哥，擁立一個屬於他們自己的新盟主。

因為我是勇者，他們很難擁立我當國王。

然後，因為討厭這種權力鬥爭，身為三男的列斯頓總是與貴族保持距離，刻意扮演著放浪王子的角色。

既然如此，他們當然會把目標轉向剩下的修雷因。

如果他具備這麼好的條件，那些貴族肯定會有所行動。

「幸好目前的局勢比較穩定，只要不是蠢到不行的笨蛋，應該都不會不惜與正妃派為敵，也要拉下薩利斯王子，擁立修雷因王子。」

「希望如此。」

對正妃派感到不滿的，並非只有二流貴族與三流貴族。

其中也有上流貴族。保持中立，靜觀其變的貴族也不在少數。
如果這些貴族連手，很可能會招致無法預期的混亂。
想到這裡，就有一股焦躁感彷彿從腳底慢慢竄了上來。
想到修雷因會變成混亂政局的核心人物，那種感覺就更強烈了。
「喔？喂喂喂，你弟弟還挺厲害的嘛，小小年紀就把女孩子帶出場了耶。」
「咦？」
聽到哈林斯這麼說，我趕緊回頭一看，結果看到修雷因拉著一個女孩子的手跑走了。
「那女孩是誰？」
「好像是亞納巴魯多公爵家的千金大小姐，我記得她名叫卡娜迪雅。你弟弟真有眼光。」
「那女孩的確很可愛。」
「什麼！尤利烏斯大人，你喜歡那種小女孩嗎！」
直到剛才都沒說話，一手還拿著放著蛋糕的盤子的亞娜突然叫了出來。
「不不不，妳誤會了，我不會對那麼小的女孩有那種想法。」
「那……那就好。」
我不想受人誤會，馬上出言否認，而亞娜似乎鬆了口氣，又開始吃起蛋糕。
……最近亞娜似乎開始在意我了。
這或許不是個好現象。

「亞納巴魯多公爵是傾向正妃的中立派人士，不會太過親近，但也不會太過疏遠正妃派，處於絕妙的立場。不管是正妃派還是反正妃派，都無法隨便對他們出手。如果是明白這點才帶走那女孩的話，那修雷因就太可怕了。」

「不，修雷因應該不知道貴族之間的派閥問題，我覺得這只是偶然。」

最可怕的事情是，我無法斷言修雷因絕對不曉得那些事情。

修雷因曾經若無其事地說出連我都不知道的異國俗諺與童話。

當他說出桃太郎或一寸法師這些我從未聽過的童話故事給蘇聽的時候，我真的被嚇到了。

他到底是從哪裡得到那些知識的？

雖然我曾經懷疑過負責照顧修雷因的安娜，但那似乎是我的誤會。

既然沒人知道修雷因是從哪裡得到那些知識，那我也無法斷言他絕對不是故意帶走亞納巴魯多家的大小姐。

就算問他本人這個問題，他也只說是在夢裡夢到的。

……難不成那些知識真的都是他夢到的嗎？

如果那就是「天之加護」這個技能的效果的話呢？

如果那個技能真的有著那種宛如天啟般的效果，就能解釋很多事情了。

不過，就算是這樣，也無法改變根本的問題就是了。

不管是天啟要他接近亞納巴魯多家的大小姐，還是那是偶然的行為，結果都不會改變。

「不管怎麼樣，這對修雷因來說還太早了。」

「王族的婚約不都是這樣的嗎？」

「婚約！」

亞娜驚訝地叫了出來。

那叫聲讓某些人轉過了頭來。

雖然亞娜馬上閉嘴，但已經來不及了。

亞娜用求助的眼神看向我，但我只能回她一個苦笑。

就連哈林斯都不由得嘴角抽搐。

那應該不是演技，而是真實的反應吧。

「……怎麼辦？雖然緋聞這種東西本來就會被加油添醋，但修雷因王子跟亞納巴魯多家的大小姐定下婚約的傳聞，明天應該就會被人說得跟真的一樣了喔。」

「……這也是沒辦法的事。早在他們那麼親密地牽著手的時候，就已經來不及了吧。」

「咦？咦！難不成我做錯了什麼嗎！」

「放心，這不是妳的錯。」

我偷偷地把第二盤蛋糕拿給心慌意亂的亞娜。

亞娜的視線在我的臉跟蛋糕之間游移，最後還是輸給了蛋糕的誘惑。

早在他們做出那種引人矚目的行動時，修雷因與亞納巴魯多家的大小姐傳出緋聞就已經是無可避免的事情了。

雖然我無法否認亞娜確實說了火上添油的話，但她並沒有犯下什麼天大的過錯。

而且就跟哈林斯說的一樣，跟亞納巴魯多公爵打好關係，對修雷因來說不是壞事。

如果不去顧慮修雷因的心情，以及另一個大問題的話，跟亞納巴魯多家的大小姐定下婚約，我覺得反倒是件好事。

就我個人來說，如果修雷因是對亞納巴魯多家的大小姐一見鍾情的話，我甚至想替他加油。

只不過，現在還有一個大問題必須解決。

「喂，蘇蕾西亞公主無視於陛下的制止，也跟著衝出去了耶。」

「嗯，我看到了。」

我一邊乾笑一邊看著修雷因想要與人定下婚約需要面對的最大問題，也就是我們同父異母的妹妹蘇一如所料失去控制的光景。

「我好像聽到某種不得了的聲音，這樣真的沒問題嗎？」

「……或許不是沒問題也說不定。」

即使會場裡充滿人們談笑的聲音，到處都吵吵鬧鬧，那聲巨響依然響徹周圍。

我不可能沒聽見。

負責保護會場的騎士慌張地開始行動，甚至給人一種準備開始引導客人前去避難的感覺。

我可以猜到發生了什麼事情，覺得頭彷彿就要痛起來。

「哈林斯，不好意思，可以麻煩你去告訴那些騎士，不需要引領客人去避難嗎？」

「了解。」

這種時候，有個無須多說也能心意相通的朋友實在是太可靠了。

亞娜拿著疊起來的兩張空盤，不知所措地東張西望。

「亞娜，對不起，請妳在這裡等我一下。」

想到或許必須擺平接下來的混戰，我就覺得自己沒有照顧亞娜的餘力。

雖然讓她獨自待在這裡有點可憐，但也只能請她忍耐一下了。

說完該說的話後，我小跑步前往發出聲音的方向。

然後，我聽到第二聲巨響。

我一邊流著冷汗，一邊加快了腳步。

結果就跟我想的一樣，當我抵達出事的小房間時，看到了被破壞的房門、臉色蒼白的亞納巴魯多家大小姐，還有被蘇緊緊抱住的修雷因。

修雷因必須面對的唯一的，也是最大的問題，就是蘇這個發自真心愛著他的同父異母妹妹。

雖說母親不同，但被有血緣關係的妹妹愛著就已經是個大問題了。但更麻煩的，是蘇對他的執著。

根據修雷因的說法，會用蘇那種方式表示愛意的女生，好像就叫做病嬌。

要是修雷因有了未婚妻，她很可能會傷害對方。

幸好蘇還沒有對亞納巴魯多家大小姐下手。

可是，蘇正用帶有殺氣的眼神瞪著她。

「妳沒受傷吧？」

「沒……沒有。」

我先確認亞納巴魯多家大小姐是否平安。

「蘇，妳這樣不行。」

「都是那個想要誆騙哥哥大人的女人不好。」

「蘇……」

我接著斥責蘇，但她一點都不覺得自己有錯。

「總之，妳快點放開修雷因，妳沒看到他好像很難受嗎？」

被蘇使盡全力抱住的修雷因，從嘴巴發出了「嗚嗚嗚」的呻吟聲。

「如果是哥哥大人的話，就算承受我的愛意也不會有事的。」

「我完全聽不懂妳在說什麼，妳先放開他再說。」

我硬是把不聽話的蘇從修雷因身上拉開。

「總算得救了。」

「修雷因，疼愛蘇也該有個限度喔，不喜歡的時候就要誠實說出來。」

「哥哥大人才不會拒絕我呢。」

「呃……嗯，我會的。」

修雷因露出苦笑，蘇則是不知為何充滿了自信。

眼見情況八成不會改善，我忍不住嘆了口氣。

在我們說著這些話的期間，被晾在一旁的亞納巴魯多家大小姐一直愣住不動。

這也是沒辦法的事。

我敢說修雷因將來肯定會為了女人的事情受苦受難。

正當我打算把騷動已經平息的事情告訴騎士們時，父親大人與正妃出現在了小房間外面。

父親大人露出擔心的表情。

正妃還是掛著那張撲克臉。

注視著修雷因的正妃到底在想什麼呢？

不光是異性問題。

修雷因將來肯定會遇到各式各樣的苦難。

我走向父親大人與正妃。

「好像已經沒事了。」

「是嗎？那就好。」

聽到我的報告，父親大人輕撫胸口。

「修雷因就有勞父親大人多費心了。」

「我會的。」

聽到我這句蘊含著許多言外之意的話，父親大人二話不說馬上答應。

正妃什麼都沒說。

為了讓修雷因有個幸福的未來，身為哥哥的我必定會竭盡全力。

「你說什麼？」

就在修雷因與蘇的鑑定之儀隔天。

我接到令人難以置信的報告。

「迪巴大人……殉職了。」

在為弟妹的光榮時刻慶祝的那一天，我失去了重要的人。

間章　帝國老將的結局

我決定加入人口買賣組織討伐隊，是因為私人恩怨。

當時我兒子他們夫妻生下期望許久的孩子，劍帝大人的孩子也在同時期誕生，整個帝國都處於慶祝的氣氛之下。

仔細想想，我當時也整個人都飄飄然的。

為什麼沒有阻止沒帶護衛就出門的兒子一家人呢？我至今依然對此感到後悔。

如果是還在與魔族戰爭的年代，我不可能會這麼掉以輕心。

「護衛？不需要。難道你兒子是非得讓別人保護不可的弱者嗎？」

為什麼我沒有反駁兒子這句充滿自信的話呢？

為什麼我不但沒有反駁，反而覺得感動，以為兒子變可靠了？

如果我當時能夠大聲斥責，告訴他那種傲慢會害死自己，未來或許就會變得不一樣，我甚至作了好幾次這樣的夢。

那一天，我兒子一家人沒有回家，他們變得冰冷的屍體隔天早上就被人發現了。

那是場馬車意外。

表面上是這樣，但其實是某個人策劃的暗殺事件。
我兒子、媳婦，還有孫子，全都被殺了。
我發了瘋似的找尋犯人。
用盡所有手段，拚命蒐集犯人留下的線索。
我兒子不是只會說大話的弱者。
除了因為誕生於魔族變得安分後的年代，讓他缺乏實戰經驗以外，他可說是我引以為傲的兒子。
就缺乏實戰經驗這點來說，如果不是跟我同樣年代的老將，大家都差不了多少。
在未曾經歷過戰爭時代的年輕人之中，我兒子毫無疑問算是強者。
然而，有人輕而易舉地殺了我兒子。
那種手腕……那種實力……
這事件背後毫無疑問存在著天大的陰謀。
此外，同一時期還發生了多起疑似綁票的失蹤事件。
我沒花太多時間就找出了其中的關連，而且很快就發現事件背後藏著巨大的組織。
但我誤判了那個組織的規模。
沒想到不光是在帝國內部，在全世界都不斷發生同樣的綁票事件。
我還以為，雖說那是個巨大的組織，也頂多只會在帝國內部活動，但實際情況遠遠超出我的預期。

如果那組織只在帝國內部活動，我一個人也能追查。

可是，如果不得不前往其他國家搜索的話，我就無能為力了。

如果只限於帝國與周邊同盟國的話倒是還好，但帝國的權勢對其他大陸的其他國家不管用。

就算是同盟國，如果師出無名，就無法輕易涉及他國事務，辦理相關手續又太花時間。

當我把帝國內部的人口買賣組織都大致剷除後，就逐漸無事可做了。

事情就是在這個時候發生的。

為了對人口買賣組織進行大規模掃蕩，聖亞雷烏斯教國提出建議，希望組成一支跨國討伐隊。

然後，在帝國負責對付人口買賣組織的我，接到了參加討伐隊的邀請。

我二話不說就答應了。

只要加入討伐隊，就能合法在其他國家進行搜查，並且討伐那個組織。

沒能成功侵略沙利艾拉國的聖亞雷烏斯教國，應該也是懷著什麼目的才會提議討伐人口買賣組織，但那種事情與我無關。

我不是為了想要拯救或減少被害者那種崇高的目的，而是純粹為了替兒子一家人報仇雪恨，才會決定加入討伐隊。

當然，我也想要救回以布利姆斯的女兒為首的，那些在帝國被擄走的孩童。

可是，私怨果然還是占了很大的比重。
我一定要消滅那個組織，替兒子、媳婦還有孫子報仇。
我知道自己對不起劍帝大人。
雖說只是暫時，但少了我，對帝國的影響絕對不小。
別看我這樣，我在帝國軍中有著很大的影響力。
如果我告假在外，政敵本來就多的劍帝大人應該不會好受吧。
正因為如此，他才會任命我擔任他兒子的導師，想要把我留在國內，但我有不惜推掉這個職務也要追查組織的理由。
於是，我就這樣加入人口買賣組織討伐隊了。
我被賦予的職務是副總指揮官。
也就是隊上的第二把交椅。
話雖如此，但因為總指揮官是年幼的勇者大人，所以我可說是實質上的第一把交椅。
我利用自己的地位，致力於查緝人口買賣組織一事。
我對各國展開調查，找出敵人的重要據點以及最大的弱點。
對這些情報做出判斷後，設法誘導討伐隊的行動。
討伐隊是一支從世界各國招集而來的雜牌軍。
雖然以個人能力來看，成員全是精銳，但隊上指揮系統並不統一，毫無凝聚力可言。

就算開會討論接下來的方針，大家也都只顧著各說各話，遲遲無法做出決定。

而我會在這時利用副總指揮官這個地位，對遲遲沒有結果的議題做出最後決定。

天曉得到底有幾個人發現，其實整支討伐隊一直都是照著我的想法在行動。

不過，我有信心，自己提出的作戰，絕對都是最適合達成討伐人口買賣組織這個共同目的的作戰。就算有人發現了，應該也不會有怨言才對。

雖然對不起被迫擔任掛名總指揮官的勇者大人，但我希望他能把這當成是一種學習，稍微忍耐一下。

勇者大人還是個孩子。

如果他能趁現在體驗這種身不由己的處境，就算將來又遇到同樣的狀況，應該也能巧妙應對。

只要他還背負著勇者這個頭銜，就無論如何都擺脫不了來自大人的束縛。

希望他能習慣這樣的束縛，學會時而擺脫，時而反過來加以利用的狡獪。

不論是好是壞，這支討伐隊的成員都是軍人，不是政治家那種老狐狸。

因為他們都是些為了國家挺身而戰的人，我相信勇者大人的直率總有一天會影響他們，並且與他們慢慢建立起羈絆。

在他面對那些真正的老狐狸之前，這支討伐隊將會是最合適的預習對象。

這對勇者大人的成長應該會有很大的貢獻。

如果是把這一切全都計算在內才做出這樣的安排，那神言教教皇果然是個無法輕忽的對手。

沒錯，剛開始的時候，我是用父母看著孩子成長的心境在關注勇者大人。

但是，我還是太小看勇者大人了。

我是真心想要摧毀人口買賣組織。

這點絕對錯不了。

可是，勇者大人在此同時，還放眼於更重要的事物。

那就是人民。

還有和平。

他比誰都要認真看待人口買賣組織造成的危害，為了消除危害而四處奔走。

大人們的問題？

那種事情他根本就不放在眼裡。

勇者大人最看重的，就是能不能拯救人民，我們和他一起行動只會扯他後腿。

我自以為自己是幫助勇者大人成長的食糧。

那完全是我的誤會。

我該對此感到羞愧才對。

勇者大人不是因為天命，而是因為他夠資格才會成為勇者。

勇者大人的心靈早已成熟，根本不需要繼續成長。

也許有人會笑他天真。

可是，能夠貫徹那種天真的強韌心靈，或許才是勇者最需要的素質。

發現自己太過自以為是後，我立刻展開行動。

為了不讓討伐隊變成勇者大人的枷鎖。

不是為了私怨，而是為了救人。

我要先讓隊長們明白，他們只不過是勇者大人的枷鎖。

同時遵從勇者大人的意願，把他擺在最前線。

他不是被人保護的那一方。

而是保護別人的那一方。

既然如此，拒絕把他送到生死戰場上，未免太不識趣了。

對於沒讓兒子一家人帶著護衛這件事，我非常後悔。

可是，我兒子也是保護別人的那一方。

雖然他沒能保護好我的媳婦與孫子這件事，讓我非常悔恨，但他依然為了保護家人而戰。

在感到懊悔以前，我或許應該稱讚兒子「你好好地戰鬥過了」才對，我最近開始有這種感覺。

隨著討伐隊每次出征，隊員們看勇者大人的眼神也一直在改變。

從看著孩童的眼神，變成看著尊敬戰士的眼神。

這就是勇者。

包括我在內，大家都太小看勇者大人了。

然後，我還發現自己太小看另一個人了。

那就是神言教教皇。

這支討伐隊是他為了讓勇者大人成長而準備的場所。

而且並不只是我當初以為的那種讓他習慣應付大人的場所。

而是更有實踐性，讓他累積實戰經驗的場所。

更進一步來說，就是讓他習慣殺人的場所。

歷代勇者就算不特地去累積經驗，也都過著整天跟魔族戰鬥的生活。

然而，魔族已經不再發動攻勢，人們與人戰鬥的經驗也變少了。

就連帝國軍人都是這種情況了，年幼的勇者大人更不可能有跟人實戰的經驗。

在與人戰鬥的時候，有沒有殺過人是很重要的分水嶺。

即使是千錘百鍊的軍人，第一次下手都免不了會猶豫。

那一瞬間的破綻經常變成致命的危機。

魔族的外表跟人類幾乎沒有兩樣。

只不過，他們的能力比人類還要優秀。

就算是勇者，也不能在那種對手面前露出破綻。

如果以魔族為假想敵的話，就得在實際對上魔族以前累積殺人的經驗。

而人口買賣組織就是那種殺了也不會良心不安，還能讓他累積更多實戰經驗的最好的選擇。

這樣就能讓勇者大人小小年紀就習慣殺人。

如此一來，在與魔族戰爭時，他應該就能徹底發揮實力了吧。

神言教教皇把這一切全都計算在內的先見之明，甚至令我感到畏懼。

在這場人口買賣組織討伐行動的背後，肯定還藏著許多我沒發現的陰謀。

這個人口買賣組織藏有太多謎團了。

雖然神言教說那是個人口買賣組織，但其實那些被抓走的人很少被當成奴隸買賣。

不，那些在當地被抓走的人確實都被別人買下，帶往別處了。

可是，沒人知道那些人後來去了哪裡。

雖然也有實際被當成奴隸賣掉，後來又被我們救出來的人，但那種人在所有被抓走的人之中只能算是極少數。

其他大多數的人至今依然下落不明，連屍體都找不到。

那些被抓走的人到底去了哪裡？

視場所而定，每個組織的據點，樣貌都不一樣。

有大規模的據點，也有一些在洞穴裡定居，只能供人勉強度日的小據點。

那個組織會利用當地的盜賊。

由那些盜賊負責擄人，然後組織的人再付錢買走。

換句話說，我們平常討伐的對象並不是人口買賣組織，而是普通的盜賊集團。

至今還沒抓到半個真正的組織成員。

儘管做的事情很大膽，卻又巧妙地完全不會露出馬腳。

考慮到收容那些受害者需要很大的空間，這件事肯定有某個國家參與其中。

雖然我覺得沙利艾拉國很可疑，曾經獨自對該國展開調查，結果卻一無所獲。

除了我們無法涉足的沙利艾拉國之外，幾乎所有組織據點都已經被擊潰了。

然而，我們還是無法看清這個組織的全貌。

我曾想過，如果犯人不是沙利艾拉國，那就有可能是魔族在搞鬼，但帝國不可能讓那些受害者輕易被帶去魔族領地。

因為受害者人數眾多，如果要帶著那麼多人移動，勢必會引人矚目。

我不認為隨時監視著魔族領地邊境的帝國會沒發現那些人。

在抓不到組織馬腳的情況下，我們過著只能討伐那些被當成棄子的盜賊的日子。

我確信，要是什麼線索都找不到，等到盜賊全被殲滅的時候，就無法繼續追查這個組織了。

我應該遺漏了某件重要的事情。

可是，我不知道自己遺漏了什麼。

神言教教皇好像知道那個祕密。

可是，他沒有把祕密告訴我們。

其中果然有著某種陰謀。

某種我們無法想像的巨大陰謀。

把勇者大人送回故鄉的那一天，我正忙著準備攻打人口買賣組織的下一個據點。

討伐隊士氣高昂。

因為被勇者大人感化，大家都幹勁十足地想要討伐人口買賣組織，保護人民的生活安寧。

即使勇者大人不在，他們也有著想要率先行動的氣魄。

在討伐隊剛成立的時候，這是我所無法想像的。

雖然勇者大人說這是我的功勞，但我所做的事情，不過都是些要自己不要扯勇者大人後腿的事。

這一切都要歸功於勇者大人的影響力。

勇者大人很猶豫自己該不該回故鄉，而我聽說在他的故鄉，要舉辦他的弟妹的鑑定之儀。

勇者大人是個責任感很重的人，我們還在工作，只有他一個人回故鄉，應該會讓他感到抗拒，但其實他根本不用在意這種事。

戰士也需要休息，如果是家人的紀念日，那就更應該出席才對。

……因為誰也不知道自己什麼時候會跟家人死別。

我希望他能趁大家都還活著的時候，盡量多跟家人留下一點回憶。
失去了兒子一家人的我，一直很後悔自己為什麼沒有多陪家人。
我不能讓勇者大人的家人嚐到同樣的滋味。
當然，我一點都不打算讓勇者大人死去。
可是，勇者大人將來也有可能跟我兒子一樣，因為力有未逮而戰敗倒下。
身為一名戰士，就得隨時做好這樣的心理準備。
「迪巴大人。」
正當我忙著準備出擊時，一名部下跑了過來。
他主要負責的是諜報工作。
「怎麼了嗎？」
「有人在附近發現敵方組織的據點了。」
「你說什麼？」
聽到部下的報告，我難以置信。
到底有誰想得到，身為神言教大本營的聖亞雷烏斯教國首都附近，就有敵方組織的據點？
對方竟然敢在討伐隊的地盤設立據點，簡直大膽到令人傻眼的地步。
也許就是因為這樣，我們才會一直沒有發現吧。
「規模多大？」

「因為才剛發現，情報並不多，但我猜規模應該不大。」

「真虧你們找得到。」

「那是因為附近居民偶然看到被擄走的孩子被帶進裡面，才會跑來聯絡我們。」

「什麼？」

也就是說，難不成那孩子被抓到那裡了嗎？

「那是什麼時候的事情？」

「就在剛才。」

人口買賣組織回收受害者的速度很快。

不知道他們用了什麼手段，一旦盜賊把人抓走，他們就會立刻過去回收。

甚至就連那些盜賊都不明白組織的人是怎麼掌握他們的行動的。

由於那些盜賊無法主動聯絡對方，我們才會一直找不到線索，這或許是個千載難逢的大好機會。

順利的話，或許還能抓住前來回收孩童的組織成員。

就算沒有這麼順利，至少也能救出那孩子。

「能夠立刻行動的隊員有二十個左右啊……」

如果是小規模的據點，這種人數已經足以壓制了。

「看來應該沒有時間取得許可了，那就不管那麼多了。」

雖說討伐隊是支跨國部隊，但也不能未經允許就擅自在別國出擊。
可是現在情況緊急，只能請教國睜一隻眼閉一隻眼了。
因為要是等到正式手續辦妥，或許就來不及救人了。
「姑且還是派出傳令吧。」
「遵命。」
如果有派出傳令去說明原由，就算之後造成問題，對方應該也會從輕發落。
之後，我召集能夠馬上行動的隊員，趕往那個新發現的組織據點。

新發現的組織據點在洞窟裡面。
盜賊的據點主要分為兩種。
一種是廢村或廢屋這種有著廢棄房屋的地方。
另一種就是這樣的洞窟。
而洞窟型據點又能分成兩種。
一種是自然形成的洞窟，另一種是曾為魔物巢穴的洞窟。
有些魔物會挖洞，然後把挖好的洞窟當成巢穴。
這類洞窟就叫做魔物巢穴，或是視定居在裡面的魔物而定，被稱作小型地城。
這個據點八成不是自然形成的洞窟，而是魔物遺留下來的巢穴。

在離人類城鎮有點遠的地方，突然冒出了通往斜下方的洞穴，由此可知，這應該不是自然形成的洞窟。

這種魔物遺留的巢穴的麻煩之處就在於——不知道裡面有多大，而且內部結構大多都很複雜。

魔物是為了迎戰外敵才設計出這樣的結構。

此外，洞窟的通道都很狹窄，不適合大人數部隊行動，這也是個麻煩之處。

「入口就只有這裡嗎？」

「是的。附近都搜索過了，但除了這裡之外，我們沒發現任何疑似入口的地方。」

如果只有這個入口，那只要顧好這裡，就不會被敵人逃掉。

「留七個人在這裡，還得有個萬一出事時能夠馬上行動的傳令隨時待命。」

包括我在內，一共有二十二個人趕來這裡。

我把將近三分之一的人留在入口看守，帶著剩下的人進入洞窟內部探索。

「嗯？」

我突然感受到別人的視線，回頭一看。

可是，我沒看到任何人，只看到了白色的小蟲子。

也許是因為即將殺入敵陣，讓我的神經變得太過敏感了吧。

「大家保持距離，慎重前進，小心別妨礙到彼此的行動。」

下達指示後，我一腳踏進洞窟。
實際進到裡面一看，我發現這裡比預期的還要寬廣。
如果是這樣的話，那就不用擔心空間狹窄的問題了。
可是，如果裡面這麼寬廣，盜賊的人數也有可能比原本預期的還要多。
絕對不能掉以輕心。
然而，實際情況跟我想的完全相反，我們一路上都沒遇到人，就這樣順利地不斷深入。
這條路筆直通到底，沒有任何岔路。
雖說我們前進時非常慎重，但十五個全副武裝的人一起行動，總是會發出聲音。
對方不可能沒發現，但卻完全沒人出來迎戰。
難不成敵人已經逃走了？
難不成還有我們沒發現的入口嗎？
還是說，早在我們闖進來時，敵人就已經撤離了呢？
正當我想著這些事情時，彷彿身體變重了的感覺突然向我襲來。
幾乎是在同一時間，洞窟深處發出一陣激烈的閃光。
震耳欲聾的聲音響徹周圍，我還搞不清楚狀況就倒下了。
「咕嗚！」
到底發生什麼事了！

定睛一看，走在前面的士兵們也跟我一樣倒下了。

最前排的士兵幾乎是當場斃命。

大量鮮血四處飛濺，有些人甚至連肢體都被轟飛。

還能聽到呻吟聲，表示包含我在內，還有幾個人活著，但沒有人是完全平安無事的。

「嗯……？」

在這樣的情況下，一名男子歪著頭走了過來。

他手上拿著不同於刀劍，我從未見過的某種黑色細長型物體。

那是武器嗎？

那就是瞬間殲滅了我們的武器嗎？

「我還以為那男人應該會準備至少一個巧妙的陷阱，難道是我想太多了嗎？」

男子用不帶感情的平淡聲音如此呢喃。

奇怪……

我的聽力變得比平常還要差。

而且傷口恢復的速度也很慢。

更重要的是，我明明擁有痛覺減輕這個技能，卻依然感到讓人想要在地上打滾的痛楚。

這到底是怎麼回事？

「虧我還特地設下抗魔術結界，用掉了珍貴的子彈，結果全都是些無關緊要的小嘍囉，看來這次虧大了。」

男子一臉無趣地如此呢喃。

男子走到發出呻吟的士兵身旁，緩緩舉起了腳，然後踩碎士兵的腦袋。

就像是在踩死螻蟻一樣。

男子依序踩死其他士兵。

我拚命想要行動，但受傷的身體完全不聽使喚。

然後，當我還在努力掙扎，就輪到我了。

我抬頭仰望來到身旁的男子的臉孔。

「妖精？」

比起我們人類，那名男子的耳朵又長又尖。

我彷彿被雷打到一樣大受震撼。

人口買賣組織的幕後黑手、暗中搞鬼的某個國家、不管怎麼調查都找不到下落的受害者……

一切的謎題都解開了。

沒錯。

雖然打從一開始就被我排除在外，但滿足所有條件的國家只有一個。

那就是妖精。

妖精就住在名為妖精之里，而且人類無法踏足的國家，是一個謎團重重的種族。

雖說妖精都來自那個國家，但神出鬼沒的他們會突然出現在其他國家，也會突然消失不見。

如果那些被抓走的人都是用同樣的手段被帶去妖精之里，那一切就都說得通了。

而且人類無法踏進妖精之里。

當然也無法展開調查。

不但如此，那個地方還有著足以讓妖精全族居住、生活的寬廣面積。

要監禁那些被抓走的受害者，是易如反掌。

到底有誰會想到，人口買賣組織的幕後主使者居然是妖精！

居然是那些愛護自然，總是把世界和平掛在嘴邊，熱愛慈善活動的妖精！

而且全族都是共犯！

「波狄瑪斯・帕菲納斯……沒想到這一切都是你幹的好事！」

「嗯？」

我見過這名妖精男子。

他好幾次代表妖精拜訪帝國。

「……我想起來了。我見過你。我記得你是帝國的……名字想不起來。」

可是，相較於還記得他的長相與名字的我，波狄瑪斯似乎想不起我的名字。

彷彿在說我是不需要記住的小角色一樣，讓我因為屈辱而顫抖。

「我記得你好像是個重要人物，但既然長相被你看到了，那就不能放過你了。」

你本來就不打算放過我吧！

我絞盡僅存的一點力氣，抓住波狄瑪斯的腳。

「就是你！就是你！」

嘴裡發出連我自己都搞不清意思的喊叫。

毫無疑問，這傢伙就是殺害我兒子一家人的仇敵。

而且還是在世界各地不斷誘拐孩童，造成許多悲劇的元凶。

不能讓這名男子活下去。

要是讓他活著，必定會給世界帶來更多災難。

若是如此，那勇者大人就危險了。

我把力量灌注在抓著那隻腳的手上。

但是，我沒辦法做出更多反抗，只能看著波狄瑪斯一臉無趣地舉起另一隻腳。

然後，他不加思索地往下一踩。

勇者大人……

最後閃過我腦海的影像，是我兒子一家人和勇者大人的臉孔。

幕間　白忙一場的妖精氣憤難平

我踩碎吵個不停的男子的頭蓋骨，讓他閉上嘴巴。

雖然我記得他好像是帝國的重要人物，但就算在這裡殺掉他，應該也不會有什麼大問題。

反正他已經老了，活不了多久。

再過個二三十年就會死掉。

我只是讓他早一點死掉罷了。

不過，這次真是讓我白緊張了一場。

這次行動的目的，是奪走住在聖亞雷烏斯教國，也就是神言教大本營裡的轉生者。

這八成是我能夠得到的最後一位轉生者了吧。

其他轉生者大多都是王族或貴族這類難以下手的對象。

而且因為勇者率領的人口買賣組織討伐隊的緣故，讓我能夠差遣的下游組織變少了。

雖然也不是不能強行奪走那些轉生者，但風險太大了。

而且我已經蒐集到足夠的轉生者樣本了。

沒必要繼續勉強蒐集。

我這次會深入敵營奪取轉生者，是因為知道這是個陷阱。

那個男人——神言教教皇應該也差不多注意到轉生者的存在了。

因為那傢伙手中已經握有兩名轉生者了。

然而，他卻放著身邊的另一名轉生者不管，想也知道那是用來引誘我的陷阱。

既然早就知道那是陷阱，我當然會做好心理準備加以應對。

所以我才會使用具備抗魔術結界的軀體，並且裝備貴重的槍械前來一探究竟。

沒想到竟然只遇到一群普通人類，真是讓人白緊張了一場。

虧我還卯足了勁，想要測試他會投入多少戰力來對付我。

算了。

我成功得到想要捕獲的轉生者了。

只派這些蝦兵蟹將來對付我，表示神言教或許沒剩下什麼像樣的戰力了吧。

看來四年前的G戰艦復活事件對神言教造成的損害果然還沒恢復。

那個事件讓神言教損失了不少戰力。

神言教之所以召集別國士兵組成人口買賣組織討伐隊，應該也是因為那個事件的影響吧。

能明白這點，也算是一項收穫了吧。

「波狄瑪斯大人，撤退的準備已經完成了。」

當我忙著思考時，扛著陷入沉睡的轉生者的量產品從洞窟深處向我報告。

「外面可能還有一些人，把他們全部殺光，一個都別放過。」

「遵命！」

遵循我的命令，幾具量產品衝了出去。

這樣就搞定了。

這裡原本就沒有下游組織的人。

只是為了捕獲轉生者而暫時作為據點使用。

一旦我們撤離，就什麼都不會留下。

也不會留下妖精參與其中的證據。

雖然教皇可能會操控輿論，做出妖精與這些事件有關的暗示，但如果缺乏可信度的話，要加以否認也很容易。

再說，我已經不需要捕獲更多轉生者，也不會繼續操控組織。

為了掩人耳目而多抓的人類，都已經加工變成素材，在G戰艦事件中失去的戰力也補充完畢了。

一切都很順利。

再來只需要準備應付愛麗兒那小鬼的行動。

我的前途可說是一帆風順。

正當我準備走到外面時，才想起自己的腳還被人抓著。

人都死了還不願意放開別人的腳，真是個不甘不脆的傢伙。

我輕輕擺動腳，想要甩掉那隻手。

可是我甩不掉。

逼不得已，我只好蹲下來用手去扳開那隻手，但男子的手指早已變硬，就是扳不開。

難不成是死後僵硬？

這麼快？

不可能。

如果是男子漢的骨氣讓他死也不肯鬆手呢？

哼，這種事情太離譜了。

一點都不科學。

感到厭煩的我把子彈射進男子手腕，把手掌從他身上斬斷。

即使如此，男子的手掌還是抓著我不放。

一股嫌惡湧上心頭，我硬是把那隻手掌扯下來，使勁往地上一砸。

小蘇菲亞日記5

可惡，氣死人了！

問我為何這麼生氣？

都是那個陰險小子跟班長害的啦！

那個陰險小子似乎無論如何都要爬到我頭上，一直跑來找我麻煩！

不管是考試分數，還是技術測驗的成績都要跟我比！

他總是裝作若無其事地跑來確認，看看自己有沒有贏過我。

不過每次都是我贏就是了！

哈哈哈哈哈！

我可是轉生者呢！

怎麼可能輸給一個小鬼頭！

所以我每次都會狠狠地譏笑那個陰險小子一番！

真是活該！

什麼？

妳說我不夠成熟？

哼，吵死人了。

不過，我好像因此點燃了那個陰險小子的鬥爭心。

他變得一天到晚都黏著我了。

害我總覺得像是被人給監視著，片刻都不得喘息！

光是這樣就已經夠讓人火大了，偏偏還有班長也跟著來找碴！

雖然她不是班長，但個性很像班長，我便暗自給她取了這個外號。

然後，那個班長竟然是陰險小子的未婚妻。

我還是頭一次在現實中聽到有人使用未婚妻這個詞彙。

先不管這個了，那個班長跑來叫我別糾纏一個有未婚妻的男生。

笨蛋，明明是妳未婚夫跑來糾纏我才對吧！

為什麼要跑來警告我？

有沒有搞錯啊！

真是的！

就是因為這樣，我才會每天都這麼不爽！

我需要補充梅拉佐菲的愛。

所以拜託妳們，解開這些絲，放我逃跑吧。

不行嗎？
小氣鬼！

Y6 尤利烏斯十三歲　生死

我們舉辦了以迪巴先生為首的二十二名殉職隊員的聯合葬禮。

這是討伐隊成立後，首次有人殉職。

誰都想不到迪巴先生竟然會殉職。

而且他率領的部隊還全滅了。

負責主持葬禮的人是教皇。

他臉上沒有平時那種溫和的微笑，自始至終都掛著鬱悶的表情。

那表情看起來像是在真心為迪巴先生等人的死哀悼。

葬禮結束後，我依然坐在教會聖堂的椅子上，動也不動。

聖堂外面擺滿了棺木，亞娜和哈林斯都到那裡去了。

之後，我們會把這些棺木送到他們主人的故鄉，在那裡下葬。

現在是出發前的告別時間，但我沒辦法前去告別。

對於迪巴先生已經死去這件事，我依然沒有實感。

這感覺就像一場惡夢。

可是，一旦看見了棺木，我肯定會被迫認清現實。

我害怕這件事，才沒能起身，只是坐著發呆。

不知道過了多久，也不知道是什麼時候出現的，我旁邊在不知不覺間多坐了一個人。

那人就是我的師父——羅南特大人。

「師父，您也來了嗎？」

「是啊。」

帝國與聖亞雷烏斯教國分別位在不同的大陸。

雖然這裡不是想來就能來的地方，但師父是世界上罕見的空間魔法高手，能用轉移術輕易過來。

迪巴先生的訃聞應該也透過轉移陣交給帝國了，就算師父特地趕來，也不是什麼不可思議的事情。

「世事真是無法盡如人意啊……」

師父沒有看著我，而是看著前方如此呢喃。

「明明大家都比我年輕，卻每個人都比我早死。雖然迪巴也上了年紀，但他怎麼沒有撐久一點，想辦法比我長命呢？」

雖然是在出言挖苦，但師父的聲音裡沒有平時那種霸氣。

「在人魔大戰中，我的戰友幾乎都死了。沒死的前任劍帝也躲了起來，就只剩下我跟劍聖。

雖然比我年輕一些，但迪巴也是為數不多的戰爭倖存者之一。」

師父大大地嘆了口氣，彷彿要把心中的鬱悶一併吐出。

「師父，在您眼中，迪巴先生是個什麼樣的人？」

我自然而然地就想要這麼問。

「你知道那傢伙在帝國的外號是什麼嗎？」

「不知道。」

「幕後英雄。」

就算聽到師父這麼說，我也並不感到太驚訝。

與他相處過後，我就知道他是很厲害的人了。

就算迪巴先生被人稱作英雄也一點都不奇怪。

「前任劍帝、我，還有劍聖……我們三個是在上次大戰中特別引人矚目的傢伙，但迪巴並不引人矚目，在暗地裡確實地完成了許多重要任務，為勝利做出了貢獻。甚至有人說，我們能夠在戰場上盡情發揮實力，都是多虧了迪巴在後方提供的支援。所以，比起我們三個，那些懂戰爭的傢伙更欣賞他。」

我當然比他更厲害，師父最後還不忘如此補充。

沒有顯眼的功績。

然而，卻能讓人放心地把背後交給他。

就跟我所認識的迪巴先生一樣。

正因為有迪巴先生，我才能毫不猶豫地投身於最前線。

而我們失去了這位幕後英雄。

「如果我有跟去的話……」

我忍不住說出這句話。

那一天，如果我沒去參加鑑定之儀，而是陪在迪巴先生身邊的話，說不定結果就不一樣了。

「如果你有跟去？哼。」

聽到我這麼說，師父不屑地笑了。

「這有什麼好笑的！」

我忍不住激動了起來。

可是，看到師父看過來的眼神，那股怒火就煙消雲散了。

「有什麼好笑？當然是你說的每一個字都好笑啊。」

我感到一股拚命壓抑卻還是壓抑不住的殺氣。

師父生氣了。

比我還要生氣。

我不明白師父為何這麼生氣。

雖然不曉得原因，但我知道他氣到對我懷有殺意的地步。

「對了，我最近好像都沒做什麼身為師父該做的事，就久違地陪你練練吧。」

說完，師父緩緩地把手伸過來，而我沒能躲開。

師父身上發出的壓迫感，讓我喪失了鬥志。

師父抓住我的肩膀。

視野在同一時間變暗，下一瞬間就從原本的聖堂，變成完全不同的景色。

那是片空無一物的荒野。

我似乎是被他用轉移術帶來了這裡。

這又是為了什麼？

「好啦，你就懷著要殺掉我的想法，儘管放馬過來吧。我也會拿出一半的真本事陪你過招。」

跟我拉開幾步距離後，師父如此說道。

「咦？師父……」

「你不過來嗎？我可以讓你先出招喔？」

師父對還搞不清楚狀況的我如此宣言。

……他是認真的。

師父是認真要在這裡陪我對練。

而且還是實戰練習。

師父的練習很嚴苛。
我甚至有好幾次都感受到生命的危機。
可是，師父至今連一次都不曾讓我做過實戰練習。
他為什麼現在突然要這麼做？
「如果你不過來，我就要過去了喔？真正的敵人可不會像我這樣給你時間。」
正當我還在煩惱時，師父從虛空中拿出魔杖。
那是空間魔法中的空納。
是一種能夠把物品存放在異空間裡的魔法。
「哎呀，我忘記你現在手無寸鐵了。沒辦法，這也算是讓步吧。」
繼魔杖之後，師父又拿出了一把劍。
他把劍扔了過來，我趕緊伸手接住。
「這是……魔劍嗎？」
我從劍鞘裡拔出劍一看，發現這是一把好劍。
試著灌注魔力後，刀身便冒出了火焰。
「嗯，那好像是某個笨蛋讓某隻魔物量產的東西。」
「量產魔劍？」
我沒聽說過這種事情。

製造魔劍非常困難，即使是有著名匠稱號的鍛造師，也無法輕易製造出來。

但竟然有人能夠量產魔劍？

「算了，那種事情現在不重要。那把魔劍借你，認真與我一戰吧。」

「無論如何都要打嗎？」

「不想戰鬥卻不得不戰鬥的情況多得是吧？廢話少說，趕快放馬過來。」

師父似乎不打算收手。

不管怎麼樣，如果我想回去，就一定得麻煩師父使用轉移術。

如果不能讓師父滿意，我搞不好得靠自己的力量，從這片不知名的荒野回去。

看來只能做好覺悟了。

「我要上了。」

「來吧。」

面對師父這樣的對手，我沒有手下留情的餘地。

我先用魔法進行牽制。

用聖光魔法朝師父射出光球。

同時拿劍衝了過去。

面對身為世界最強魔法師的師父，用遠距離魔法對轟是最愚蠢的選擇。

如果我要取得勝算，那就只能拉近距離跟他打肉搏戰。

該如何避開師父的魔法將會是勝敗的關鍵。

光球直接命中師父伸向前方的手。

以為他會用魔法抵銷或是閃躲的我驚訝得睜大眼睛。

就跟事前宣告的一樣，師父讓我先攻擊。

既不防禦也不閃躲。

閃光在師父掌中炸裂。

直接命中。

可是，下個瞬間，師父只是若無其事地揮了揮手。

手上毫髮無傷。

雖然他皺起了眉頭，但看起來應該只是覺得有點痛。

雖說只是牽制攻擊，但就算被我使出全力的魔法擊中，他也幾乎沒有受到傷害。

我開始懷疑師父到底是不是人類了。

可是，我成功趁著這段期間一口氣縮短距離。

即使魔法不管用，只要來到劍的攻擊範圍內，我就有勝算！

「喝！」

隨著嘶吼聲一併揮出的劍揮空。

師父消失了。

靠著貨真價實的瞬間移動。

是轉移術。

空間魔法需要的準備時間明明就不短，這發動速度卻快得讓人感覺不到。

一旦被他用轉移術逃掉，距離就沒了意義。

只要師父有那個想法，甚至能在劍絕對砍不到的超遠距離用魔法發動狙擊。

即使我費盡千辛萬苦成功縮短距離，要是被他用轉移術再次逃掉，那我就束手無策。

打從一開始，我就毫無勝算。

然而，也許因為這只是練習，師父在遠比我想的還要近的地方現身了。

就在我背後。

距離只有十步的地方。

這距離不算遠。

可是，如果以師父為對手，這十步實在是太遙遠了。

師父傾斜魔杖。

來了！

我盡全力往旁邊一跳。

下一瞬間，我剛才站著的地方立刻冒出火柱。

換作是普通人的話，要是被直接擊中，搞不好連骨頭都會被燒成灰。

這還只是普通的初級魔法——火球。這才是最可怕的地方。
魔法這種東西不管是誰使用，照理來說威力都不會差太多。
雖然可以靠著能力值加成提升威力，但差距也不會太過誇張。
就算能力值差了一倍，魔法的威力也不會加倍。
能力值的高低是能否使用更高位魔法的指標。
只是用來讓人知道，如果有這種程度的能力值，就能使用這個層級的魔法。
如果能力值實在太低，就算學會了技能，也只會讓魔法失控爆炸。
而魔法能力值就是基準。
可是，師父打破了這種常識。
他能夠利用過量的魔法能力值，把多餘的魔力灌注到現存的魔法中，提升魔法本身的威力。
透過這種技術，他讓魔法能力值不再只是一種指標，而能直接影響魔法的威力。
而師父擁有全人族最強的魔法能力值。
師父施展的下級魔法，說不定比好幾位魔法師聯手發動的大魔法還要厲害！
我的光魔法防護罩無法完全擋下那一擊。
然而……
「唔！」
師父把魔杖指向避開火球的我。

沒錯，火球是初級魔法。

就算威力得到提升，ＭＰ消耗量低且發動速度快的特性也不會改變。

換句話說，就算要連續射擊也行！

我拔腿就跑。

熱風吹在臉上，讓我汗水直流。

這到底是因為熱風而流下的汗水，還是因為恐懼而流下的冷汗？

連我自己都不知道。

我唯一知道的，就是只要停下腳步，自己就會變成一團火球。

我一邊移動雙腿一邊拚命建構魔法。

就算一味逃跑，情況也只會越來越糟。

就跟剛才得到的結論一樣，如果我想要找出一絲勝算，就只能跟師父貼身近戰。

如果不能設法靠近師父，就連那一絲勝算都沒有了。

我用光球砸向飛射過來的火球。

兩顆球在空中互撞，發出巨響——爆炸。

雙方的攻擊並沒有互相抵消。

我的魔法稍微居於下風，導致爆炸的衝擊向我這邊襲來。

師父居然用初級魔法壓過了勇者施展的上級聖光魔法。

這人真是太離譜了。

可是，我前進了一步。

我用光球擋下師父的魔法，成功縮短了一步的距離。

還有九步！

為了避開襲向我的爆炸氣浪，我縱身一躍。

火球朝向跳到空中的我射了過來。

就是現在！

發動技能。空間機動！

腳底形成肉眼看不見的踏腳處後，我在上面使勁一蹬，避開了飛過來的火球。

師父發射的火球連飛行速度都很快，一旦打中，就會引起廣範圍的爆炸。

可是，前提是必須打中東西。

師父會透過把火球射在目標所在的地面，製造出廣範圍的火焰，但如果朝向天空發射火球，就沒辦法使用這種技巧了。

然後，不管飛行速度有多快，只要知道會射過來，就不至於無法閃躲。

我的空間機動技能還不是很熟練，而且我不認為這招能對師父管用第二次，所以不會繼續使用。

我賺到兩步的距離。

一開始的跳躍賺了一步，利用空間機動跳躍又賺了一步。

還差七步！

在著地的同時，我再次射出光球。

正面撞上師父看準我著地的瞬間射出的火球。

爆炸的餘波向我襲來。

可是，我一邊用防護罩減輕傷害，一邊往前踏出一步。

還差六步！

我往旁邊一跳，避開再次飛過來的火球。

同時發動祕藏的魔法。

「唔！」

師父頭一次發出了聲音。

在師父眼中，我應該變成三個人了吧。

這是我用光魔法製造出的幻影。

兩個幻影跟真正的我，同時往三個方向衝了出去。

就算師父能夠連續射擊，應該也沒辦法同時射出三發魔法才對。

「盡耍些小聰明。」

火球直接擊中三人中的其中一人。

即使如此，剩下的兩人依然沒有停下腳步，朝向師父衝了過去。
還差五步。
火球擊中剩下兩人的其中一人。
還差四步。
「還剩下本尊嗎？你真是好運。」
然後，火球直接擊中最後那一人。
「什麼！」
直到這一刻，師父才驚慌失措地叫了出來。
還差三步。
師父在一瞬間因為驚訝而停住不動。
可是，那一瞬間就讓我又多賺到了一步。
還差兩步！
「我中計了嗎！」
其實第一個被火球擊中的是真正的我。
雖然師父說我運氣好，但其實我是運氣不好。
不，這種時候應該老實地稱讚師父直覺敏銳才對。
師父肯定是瞬間就看穿真貨與冒牌貨，才會把火球射向真正的我。

只是因為就算我被擊中，其他兩人也沒有停下腳步，他才會誤以為自己擊中的是假貨。

就算被火球直接擊中，我也繼續操控著分身。

然後，趁著師父的注意力被分身引開的時候，進一步縮短距離。

因為知道自己還撐得住一發火球的攻擊，我才會故意不躲。

這發火球又燙又痛，老實說我有點後悔這麼做。

即使如此，我還是藉此換來了好機會。

我不能放過這個機會！

「看招！」

火球在超近距離下射了過來。

我無法閃躲。

可是……

「喝啊啊！」

我把魔力灌注至借來的魔劍，讓刀身冒出火焰。

然後揮劍砍向火球。

火球的火焰與魔劍的火焰互相碰撞，捲起猛烈的爆炎。

好熱！我快要無法呼吸了！

但我依然往前踏出一步！

還差一步！

「咦？」

我發出愚蠢的驚呼聲。

明明應該差了一步才對。

可是，實際距離不是一步，師父已經站在我面前了。

「你以為縮短距離就能打贏嗎？」

師父揮出魔杖。

面對這完全意想不到的狀況，我的反應慢了半拍。

速度絕對不算快的這一擊正面擊中了我的臉。

比起剛才的火球，這一擊一點都不痛。

即使如此，我還是失去了平衡。

露出致命的破綻。

火球向我襲來。

回過神時，我正仰望著天空。

「感想如何？」

「明明就只差一步……」

「說什麼傻話，如果我拿出真本事，你連一步都踏不出去就死了。」

我忍不住說出這樣的怨言，但是被師父駁斥了。

的確，師父那樣已經算是手下留情了。

畢竟他只使用火球，而且還把威力控制在就算直接擊中也不會殺死我的程度。

「現在明白自己的弱小了吧？」

「……明白了。」

我還打不贏師父。

師父只在剛開始時用過一次轉移術，就算我能縮短十步的距離，應該也毫無勝算。

反正一旦情況危急，他只要用轉移術重新拉開距離就行了。

「回答我，尤利烏斯。迪巴是個弱者嗎？」

「不是！」

我想也不想就對師父的問題表示否定。

「對方可是連迪巴都毫無還手餘地的強者。就算你也在場，八成也不過只會多一具屍體罷了。」

「可是……」

「我再問你一次。你現在明白自己的弱小了嗎？」

師父又問了一次，但我這次無法回答。

因為我知道，師父口中的弱小，意義比我想的還要深遠。

而我肯定沒有徹底理解其中的意義。

「迪巴跟比自己強大的敵人對決了，事情就是這麼簡單，就跟你剛才被我打得落花流水一樣。」

師父的說法讓我咬緊下唇。

「聽好，弱小的人打不贏強者。你說迪巴不是個弱者，這就表示迪巴在你看來並不弱。可是，這次的敵人比迪巴還要強大，事情就是這麼簡單。」

「師父，你只是因為自己很強，才能說出這種話！」

如果是師父的話，當然不會輸。

師父是人族最強的魔法師。

不可能戰敗。

「你錯了，我很弱，只是在你看來很強，但其實我也很弱。」

然而，出乎我的意料，師父居然說他自己很弱。

我還以為師父在開玩笑，但他的表情是認真的。

「聽好，人類很弱，無可救藥的弱。絕大多數人都比我弱，所以絕大多數人都覺得我很強。可是，我也不過是個人類，只不過是在人類之中算是強者罷了。」

人族最強的魔法師說出了這種話。

「你應該也認識迷宮惡夢吧？那才是真正的強者。」

聽到他這麼說，我想起那副地獄般的光景。

那是人類輕易就會喪命，遍地哀嚎的地獄戰場。

在那場沙利艾拉國與歐茲國的戰爭之中，那個冠有惡夢之名的死神化身出現了。

「就連師父你都打不贏那傢伙嗎？」

「打不贏。我跟那位大人之間的差距，比我跟你之間的差距還要巨大。」

連我完全打不贏的師父都說他沒有勝算。

「徒弟一號啊，你要認清自己的弱小，你要明白世上有著連勇者都打不贏的敵人，你要明白不可能的事情就是不可能。」

就某種意義上來說，這些話讓人非常難受。

我經常像這次這樣，差點被師父弄死。

可是，那些事情都不比師父剛才那些話讓我難受。

「那我到底該怎麼辦才好！迪巴先生他……為什麼我……！」

連我都不知道自己後來到底在呼喊著些什麼。

也許那些話根本沒有意義。

我只是從嘴巴宣洩出迪巴先生死去的悲傷罷了。

當我回過神時，雙眼已經流下淚水。

「世間多得是無可奈何的事情。可是，我們不能否認全力過活這件事。迪巴的死是無可奈何的事情，可是迪巴盡全力活過了。如果你把那種辦不到的事情放在嘴邊，就等於是在貶低迪巴的一生。」

「可是！」

「別說了。你現在什麼都別想，哭就對了。」

師父溫柔地抱住我，輕輕摸了摸我的頭。

我再也忍不住淚水，靠在師父的胸膛哭了出來。

「人終有一死，這是不變的道理，也不能選擇死法。可是，我們可以選擇自己的生存之道。重點不是怎麼死，而是怎麼活。自己是不是能對死者做些事情這種想法，只不過是生者的自私。生者只需要悼念死者的死，緬懷死者的生存之道就夠了。」

哭了好一陣子後，我被師父用轉移術帶回聖堂，向迪巴先生安息的棺木做最後的道別。

旁邊還有跟我一樣哭紅了眼的亞娜，在我之後拜師父為師的歐蕾露則趴在棺木上。

「師父……」

「嗯？」

「我也想跟迪巴先生一樣，做個死後會讓人這樣哭泣的人。」

「要做就去做吧，那是你的自由。」

「我會的。」

「可是，就跟我說過的一樣，你要先體認到自己的弱小。如果看不清自己能力的極限，做出無謀的舉動，只會提早自己的死期。人要先活著，才談得上什麼生存之道。」

「這我明白。」

「不過，就算我這麼說，你應該還是會勉強自己吧。」

「我才不會。」

「這可難說。好，這是師父的命令，不准比我早死，聽到沒有？要是我死了，你要哭得比今天更慘，還要趴在我的棺木上哭。」

「這個可能有點……」

「喂，你說這話是什麼意思？」

「不，沒什麼意思。」

我說不出自己無法想像師父死去的樣子，也說不出自己大概沒辦法哭得比今天更慘。

可是，如果那一天真的到來，我肯定會哭得和今天一樣慘，甚至更慘吧。

「我希望那一天不會到來。」

「那一天一定會來。人終有一死，如果那一天沒來，那就是你違背了我的命令。你可別做個不聽師父命令的不肖徒弟喔？」

「嗯，那是當然。」

這一天，我從迪巴先生身上學到何謂死亡，從師父身上學到何謂活著。
直到死去的那一刻為止，我都要做個跟迪巴先生一樣出色的人。
我在心中如此發誓。

幕間　教皇與轉生者特務

『啊……測試測試。教皇大人，有聽到我說話嗎？』

「嗯，我聽到了。」

『喔喔！好耶，這代表第一階段的行動成功了對吧？』

「是的，看來你的無限電話這個技能，似乎能夠跨越可恨的妖精結界進行通話。」

『獨特技能果然不是蓋的。雖然不太起眼，但這個技能還真是厲害。』

「畢竟這是轉生者的特權，所以肯定會是優秀的技能。」

『對了，雖然我故意被抓，成功入侵妖精之里了，但之後的計畫是什麼？』

「你就在那邊跟其他轉生者過一樣的生活。記得定期跟我聯絡，向我報告裡面的情況。」

『了解。』

「不好意思，讓你負責這麼危險的任務。」

『別這麼說，我是自願幫忙的，因為這是幫助朋友最好的方法。』

「請務必多加小心。在正式行動那天以前，我完全幫不上你的忙。萬一你出事了，也沒人能去救你。」

『我早就做好覺悟了。我會小心行動，不讓那種事情發生。』

「那就萬事拜託了。」

『啊，通話時間差不多要結束了。我會再跟你聯絡的。』

「嗯，你自己小心。」

通話到此中斷。

跟我用念話交談的人，是最近才被抓到妖精之里的轉生者。

我讓他故意被抓走，擔任負責從內部洩漏妖精之里情報給我們的間諜。

這全是因為他擁有無限電話這個獨特技能。

就跟我推測的一樣，他的無限電話可以跨越保護妖精之里的結界，與外界進行聯絡。

這是普通的念話辦不到的事情。

雖然潛入敵營的他可能會遇到危險，但這樣我就得到得知妖精之里內部情報的手段了。

討伐妖精……不，討伐波狄瑪斯是我長年以來的願望。

以前，因為受到覆蓋妖精之里的結界阻礙，我無法對他下手。

我們姑且找到了幾個妖精們用來出入的轉移陣。

可是，一次頂多也只能送幾個人進去。

就算送那一點人進去，也無法得到什麼成果。

然後，我們用過的轉移陣應該會被對方破壞，變得再也無法使用。

必須找尋適當的時機才行。

找尋能夠對妖精之里發動總攻擊的時機。

但是，別說是等到那種時機了，我甚至無法得知妖精之里的內部情況，只能虛度光陰。

我不知道波狄瑪斯把轉生者監禁在妖精之里的原因。

可是，我終於有機會把人送進只有妖精能踏足的妖精之里了。

雖然不曉得這會不會成為發動總攻擊的契機，但至少可以幫我找出一條活路。

……可是，把他送到妖精之里時發生的意外，實在是天大的損失。

沒想到我們居然會失去迪巴先生。

居民偶然目擊到他被抓走，還把這件事告訴迪巴先生。

而迪巴先生的行動也很迅速。

如果迪巴先生能再稍微慢一點做出判斷，我或許就能夠阻止他，讓結局變得不一樣了。

不但當機立斷，而且用兵神速。

正是因為迪巴先生太過優秀，才會發生那場悲劇。

如果身為軍隊重要人物的迪巴先生不在了，帝國應該也會陷入混亂吧。

而且迪巴先生還是人口買賣組織討伐隊實質上的統率者。

要讓部隊繼續運作會很困難。

幸好敵方組織的主要據點都已經大致討伐完畢。

波狄瑪斯的動作也變少了。
只要擊潰下一個據點，就只剩下當地騎士團也能應付的小型盜賊團。
到時候我或許該就此解散討伐隊。
勇者已經有了長足的成長。
雖然還是遠遠比不上愛麗兒大人，但這也是沒辦法的事。
不管是多強大的勇者，都不可能比得上愛麗兒大人。
可是，要是他沒有不遜於尋常魔族的實力，那我可就頭痛了。
雖然就對付波狄瑪斯這件事來說，愛麗兒大人是我們的同伴，但她是魔王，也是我們的敵人。
不管是波狄瑪斯還是愛麗兒大人，人類都很難與之抗衡。
可是，我還是非做不可。
一切都是為了讓人族得以存活。
這是我唯一的存在理由。

小蘇菲亞日記6

可惡，真是讓人不爽！

咦？

這是什麼？

骨頭？

給我這個做什麼？

叫我啃嗎？

要我攝取鈣質是嗎？

不用了，我才不需要那種東西。

喂，等一下！

不要用那麼悲傷的表情看我！

我知道了啦！

我啃總行了吧！

哎呀？比我想的還要軟耶。

雖然不好吃，但還不至於吃不下。

……喂，為什麼給我骨頭的妳反而嚇到了啊？

Y7 尤利烏斯十三歲　前進的道路

迪巴先生等人的葬禮結束後過了幾天。

我們討伐隊最後一次出擊。

因為實質上率領這支討伐隊的迪巴先生過世，而且這也是我們找到的最後一個敵方組織的大型據點。

考慮到這兩點，教皇宣布這是最後一次出擊，然後就要解散討伐隊。

關於人口買賣組織的部分，至今依然謎團重重，那些被抓走的人絕大多數都下落不明。

可是，想要繼續搜索並不容易，在敵方據點幾乎都已經被摧毀的現在，應該不會有更多被害者出現了。

我並不同意這個決定。

可是，殺掉迪巴先生的凶手就在敵方組織裡。

正如師父所說，憑我的實力是贏不過擊敗迪巴先生他們的敵人的。

就算我不死心地繼續追查敵方組織，一旦遇上那傢伙，也只會白白送命。

所以我想去做自己力所能及的事情。

而我的第一步，就是完成討伐隊的最後一個任務。

我們輕而易舉地就成功壓制了敵方組織的據點。

這是因為隊員們都想要替迪巴先生他們報仇，士氣前所未有的高昂。

反倒是敵方的士氣十分低落。

後來，我們審問抓到的盜賊，才知道士氣會低落是因為敵方組織的人突然不再出現了。

當盜賊們成功綁架別人後，不知道來自何方的組織成員就會現身，帶走那些被綁架的人。

雖然盜賊們可以得到金錢或物資作為報酬，但如果組織成員不出現，他們也無法得到報酬。

結果便導致盜賊們士氣低落。

看來敵方組織是真的決定要放棄綁架人類了。

這樣我們就再也找不到能揪出敵方組織的線索，但也不會再出現新的受害者。

我們找不到那些已經被抓走的人的下落，所以這樣的結果也很難算是不分勝負。

只不過，好消息是——我們成功救出了被抓到敵方最後據點的人們。

因為組織成員沒有前來回收，那些人一直都被關在那裡。

為了方便組織成員隨時過來回收，那些被監禁的人沒有受到太過分的對待，這也是一件好事。

雖然我們以前也曾在擊潰敵方據點後救出過受害者，但這次救出的人數最多。

把這些受害者送回他們的故鄉後，他們的家人與朋友們都哭著出來迎接，互相抱在一起。
那是我在這支討伐隊裡最想見到的光景。
雖然直到最後才見到，但成功見到這一幕，以及成功拯救了別人，還是讓我喜極而泣。

回到聖亞雷烏斯教國後，我們直接開起慶功宴。
那是場參加者只有討伐隊隊員的小型宴會。
主辦者是教皇。
桌上擺滿了美酒與佳餚。
隊員們全都卯起來大吃大喝。
一旦這場宴會結束，隊員們就得回到各自的故鄉。
任職於不同國家的這些人像這樣齊聚一堂的機會，應該不會再有第二次了吧。
所以大家都在盡情地享受。
遺憾的是，我、哈林斯與亞娜都還沒成年，不能喝酒，跟不太上大家的興致。
不過，我還是覺得很開心。
就在宴會進入高潮，喝醉的人逐漸變多的時候，有一名男子在我的對面坐了下來。
「任務結束了呢。」
「是啊。」

這人正是冒險者——吉斯康先生。

雖然吉斯康先生應該也喝了不少酒，但他只有兩頰微紅，看起來不像是喝醉了。

「咦？霍金先生呢？」

「那傢伙醉倒在那邊了。」

我看向吉斯康先生手指的方向，結果看到一堆醉倒的傢伙疊在一起。

到底要怎麼喝才會變成那樣？

而且從我這邊根本看不到霍金先生的身影。

難不成他被壓在底下了嗎？

「他那樣不會被壓扁嗎？」

「哈哈哈！那傢伙好歹曾經是個怪盜，不會這麼簡單就被壓扁啦。」

聽到哈林斯傻眼地這麼說，吉斯康先生笑了出來。

「討伐隊到今天就解散了。勇者先生，你今後有什麼計畫嗎？」

「……我想要巡視各地，幫助那些遇到困難的人。」

「這樣啊……」

雖然我待在討伐隊裡時，巡視過許多國家，但並非只有人口買賣組織與盜賊會讓人民受苦。

魔物、貧窮、歧視、環境……

雖然大家面對的問題都不一樣，程度輕重也不相同，但不管去到哪裡，都沒有真正和平的地方。

「憑我的能力，能夠做的事情並不多，能夠解決的問題應該更少。不過就算是這樣，我還是想要替人們做些事情。」

「真是太了不起了……！」

聽到我這麼說，亞娜感動地十指緊扣，用閃閃發亮的眼神注視我。

「真了不起啊……」

吉斯康先生一邊輕笑，一邊說出跟亞娜同樣的話。

可是，有別於亞娜，他的那種口氣聽起來像是在嘲笑我。

「你有什麼意見嗎！」

看到吉斯康先生的反應，亞娜激動地問道。

「我的故鄉是被盜賊消滅的。」

聽到這突如其來的告白，盛氣凌人的亞娜倒抽了一口氣。

「那是個只有幾戶人家，連小村子都算不上的地方。我不想把一輩子都耗在那種地方，於是小時候就離開故鄉，出去當冒險者了。」

吉斯康先生一邊喝酒，一邊說出自己的過去。

「不過，後來並沒有發生什麼戲劇性的事。我只是聽說故鄉被盜賊襲擊，村民全被殺光，財物也全被搜括搶走了。我也沒有親手殺光那些盜賊報復，因為當我聽說這件事時，那些盜賊已經被碰巧找到他們地盤的冒險者殲滅了。」

「那個……你一定很難過吧？」

「不，沒那種事。」

亞娜對此表示同情，但吉斯康先生隨口否認。

「那種毫無防備的地方，遲早會毀於魔物或盜賊之手，所以我才不想待在那裡，一個人跑了出來。就算聽到故鄉沒了的消息，我也只覺得果然如此。」

聽到吉斯康先生若無其事地如此斷言，亞娜傻眼地半張著嘴。

「只不過，我從那件事學到了一個道理，那就是——人類的惡意。如果是為了自己，人類可以變得冷酷無比，那些毀滅我故鄉的盜賊正是如此。因為那些傢伙可以為了滿足私慾，若無其事地殺人越貨。而我自己也是一樣，為了讓自己活下來，我捨棄了故鄉，而且就算故鄉毀滅，我也一點都不感到悲傷。」

這既不是自嘲，也沒帶什麼別的感情，吉斯康先生只不過是在平靜地陳述事實。

「你見過這支討伐隊的敵人吧？那些傢伙也跟我們流著一樣的血，但是那些傢伙卻能不以為意地做出沒血沒淚的殘忍行為。」

我們對抗至今的敵人也是人類。

雖然境遇有所不同，但大家都是人類。

換句話說，如果我們跟他們有著同樣的境遇，說不定也會走上同樣的道路。

因為大家都是人類。

「人類這種生物，並沒有那麼高尚。勇者先生，就算是這樣，你也願意為了幫助這些人而奉獻心力嗎？」

吉斯康先生如此問道。

而我心中早就有答案了。

「當然願意。」

我決定選擇能對自己感到驕傲的生存之道。

我想要成為跟迪巴先生一樣，死後會讓別人為他哭泣的好人。

我輕撫圍巾。

「待在這支討伐隊裡，讓我也學到了人類會輕易走上歪路的道理。不過，正是因為這樣，世人才需要我的力量。」

人類會輕易做出壞事。

既然如此，那只要讓他們不去做壞事就行了。

「我是勇者，勇者是人們希望的象徵，也是正義的明證，更是邪惡的敵人。我要成為人們心中的希望，讓他們永遠都能看見我絕不容許邪惡的身影。」

「換句話說，你要成為惡勢力的抑止力？」

「是的。」

「那種事情真的辦得到嗎？」
「如果沒有實際去做，誰也不知道到底辦不辦得到。可是，我不能在付諸實踐之前就放棄。如果因為前任勇者銷聲匿跡，導致人們心中出現名為不安的空隙，那填補那些空隙，就是身為現任勇者的我的工作。」
「你是說，你要替前任勇者善後是嗎？」
「我就在這裡，勇者就在這裡，我要讓人們明白這個事實。這麼一來，未來肯定會充滿希望。」
「哈……哈哈哈哈哈！這可真是厲害！」
吉斯康先生忍不住放聲大笑。
那笑聲聽起來並沒有嘲笑我的意思。
「原來這就是勇者嗎！嗯，這下我完全明白了！你就是勇者沒錯！」
吉斯康先生一邊用酒杯狂敲桌子，一邊笑個不停。
「喂，勇者大人。」
然後，笑了好一段時間後，吉斯康先生這麼叫我。
勇者大人——
直到剛才為止，他都是叫我勇者先生。
從勇者先生變成勇者大人，讓我有種吉斯康先生已經認同了我的感覺。

「這裡有一對本領高強的冒險者與盜賊，他們的工作今天就宣告結束，得去找新工作了。不知道你有沒有興趣僱用他們？」

「你的意思是……」

「至於報酬的部分……對了，你覺得在勇者大人身旁，見證你口中充滿希望的未來的權利怎麼樣？」

看到我訝異的模樣，吉斯康先生微揚嘴角，舉起酒杯。

我也跟著笑了出來，拿起自己的杯子跟吉斯康先生碰杯。

「這份契約……我簽了。」

「這樣才對嘛。」

透過參與討伐隊的行動，我已經明白吉斯康先生與霍金先生的為人了。

雖然吉斯康先生乍看之下是個說話尖酸的現實主義者，但從剛才那些話便可得知，他心中也懷有正義感與浪漫。

至於曾經為了救濟貧苦之人而成為怪盜的霍金先生，也是個一如其經歷的好人。

以前迪巴先生曾經說過，如果是值得信任的人，就能將之收為同伴。

吉斯康先生與霍金先生都是值得信任的人。

如果他們願意成為同伴，那就再令人放心不過了。

於是，我得到吉斯康先生與霍金先生這兩位可靠的同伴。

順帶一提，據說當霍金先生隔天因為宿醉而頭昏眼花，又聽到了這個消息時，驚訝得叫了出來，結果又被自己的叫聲弄得頭痛。

小蘇菲亞日記7

骨頭！

嗯，我好像愛上這種酥脆的口感了。

而且煩悶的心情好像也得到舒緩了。

只是有這種感覺罷了。

話說回來，那些傢伙到底是怎麼回事！

班長我還可以理解。

畢竟那傢伙是她的未婚夫。

要是未婚夫整天黏著其他女人，她會生氣也是可以理解的事情。

可是，那些跟她一起跑來找我麻煩的其他女生到底是怎樣！

難道是因為我獨占了班上的大紅人，她們才會跑來找我麻煩嗎？

誰有辦法接受這種事啊！

明明是對方擅自跑來接近我的！

我可沒有跑去接近他喔！

我對小鬼頭不感興趣！
等你變得跟梅拉佐菲一樣英俊之後再來吧！
不過，梅拉佐菲是世界第一美男子，所以那是不可能的事情。
我需要補充梅拉佐菲的愛。
唔！我閃……！
呵……呵呵呵！
我躲過了！
我成功躲過那些絲了！
我一直都在第一發就中招，但我這次總算躲過了！
喂，妳們幾個給我等一下！
雖然一樣都是一打三，但從三個方向包圍難道沒有犯規嗎！
不要……啊……啊啊！
……這是不是叫做龜甲縛啊？
她們到底是從哪裡學到這種技巧……啊，嫌犯只有一個。
那傢伙怎麼可以教她們這種事情！
還有，為什麼我得受到這種對待！
太沒天理了！

Y8　尤利烏斯十四歲　青春

「喔喔喔喔喔！」

伴隨鼓足氣力的嘶吼，吉斯康揮下斧頭，斬斷進逼而來的觸手。

「老爺！」

「不用幫我！別離開亞娜小妹身邊！」

吉斯康出言制止想要過去掩護他的霍金。

「好險！亞娜，乖乖躲在我後面，絕對不要亂動喔！」

「嗚嗚……我知道！」

躲在哈林斯盾牌後面的亞娜板著臉孔，不敢亂動。

「喝！」

我也揮劍斬斷進逼而來的觸手，但不管怎麼砍都砍不完。

我們正在對付的敵人，是名叫勃愛蘿的魔物。

勃愛蘿有著無數根像是蛇的超長觸手，會用觸手前端的麻痺刺針發動攻擊，然後捕食失去行動能力的獵物。

此外，這種魔物有著特別喜歡襲擊年輕女性的特性。

因此，觸手自然是襲向我們隊伍中唯一的女性，也就是亞娜。

哈林斯負責用盾牌擋下觸手攻擊，霍金則負責掩護他們。

趁著亞娜吸引住敵人注意力的期間，我跟吉斯康就負責攻擊敵人的本體。

雖然我們制訂了這樣的作戰計畫，但敵人比我們想的還要難纏。

原因在於，不管我們怎麼砍，觸手都會馬上再生，讓我們無法給敵人致命一擊。

勃愛蘿的本體就像一顆球。

然後，據說本體越大，勃愛蘿的等級就會越高，也會變得更難纏。

我們正在對付的勃愛蘿，本體至少比普通人的身高大上了兩倍。

普通的勃愛蘿跟人類的頭顱差不多大，這傢伙可說是大得離譜。

「居然長得這麼大，這傢伙到底吃了多少人啊！」

吉斯康一邊斬斷襲向我們的觸手，一邊出言抱怨。

「難怪就連冒險者公會都拿牠沒轍！」

這次的勃愛蘿討伐任務，原本是冒險者公會發給冒險者的任務。

不過，因為公會派出的冒險者全都被擊敗了，所以這個任務才會落到我們頭上。

冒險者是靠著擊敗魔物，向冒險者公會索取報酬維生的。

要是我們跑去討伐魔物，搶走他們的工作，就會讓一些冒險者無法維持生計。

為了防止這種狀況出現，我們特別請冒險者公會把那些討伐當地冒險者對付不了的強大魔物，或是藏有內情的委託交給我們。
換句話說，我們接到的幾乎都是棘手的委託。
「咿——！」
亞娜一邊慘叫一邊朝勃愛蘿發出光球。
可是，在射中本體以前，光球就在途中被觸手擋下。
被光球擊中炸飛的觸手開始慢慢再生，很快就恢復原狀了。
「笨蛋！別衝出去！」
「呀啊啊啊！」
哈林斯衝到前面，用盾牌擋下殺向亞娜的觸手。
哈林斯拿的是能完全遮住他那不符年齡的魁梧身軀的大盾。
因為隊伍中多了吉斯康這個攻擊手，哈林斯便選擇成為重視盾牌更勝於劍的防禦者。
他就是靠著這面盾牌，保護身為補師的亞娜與負責支援的霍金。
「看我的！」
霍金的小刀斬斷越過哈林斯的盾牌襲向亞娜的觸手。
雖然霍金的戰鬥能力在這個隊伍中算是比較差的，但他絕對不弱。
他有著一流的小刀刀法，也經常用飛刀幫我們解圍。

只不過，在戰鬥以外的事情上，霍金才能發揮他真正的價值。

補充我們使用的消耗品、收集情報並藉此制定作戰計畫、支援我們的戰前準備工作才是他主要的任務。

由於他還主動接下揹行李之類的工作，讓我們得以在開戰前保留體力，幫了很大的忙。

儘管並不起眼，但我們能夠使出全力戰鬥，都得歸功於霍金。

他的貢獻總是讓我想到迪巴先生。

「唔！嘖！」

吉斯康發現異狀，咒罵了一聲。

「這是酸攻擊！武器被破壞了！」

說完，他毫不猶豫地把手上的斧頭扔向勃愛蘿的本體。

可是這一擊也被觸手擋下了。

掉到地上的斧頭冒出奇怪的煙，刀身溶化了。

「這傢伙竟然連酸攻擊都會用嗎！」

酸攻擊是適合用來破壞武器與防具的麻煩技能。

雖然用氣力附加這個技能強化過的武器與防具不容易被破壞，但酸攻擊能夠貫穿這種強化效果，對武器與防具造成傷害。

而且由於酸抗性獨立於其他屬性之外，要是不習慣應付，就算是老手冒險者，也會受到意想不到的重傷。

「盡量別碰到觸手上的黏液！要不然會被溶掉！」

「這個要求太難了吧！」

哈林斯專心地用盾牌擋下殺向亞娜的觸手。

看來他似乎沒有多餘的心力去管那些黏液。

仔細一看，哈林斯的盾牌表面也跟吉斯康的斧頭一樣冒出了煙。

糟了。

雖然厚實的盾牌還需要一段時間才會被破壞，但看來我們沒時間跟敵人慢慢耗了。

「各位！拜託幫我爭取一點時間！」

「沒問題！」

「了解！」

聽到我的指示，吉斯康與哈林斯用強而有力的聲音如此回答。

自從人口買賣組織討伐隊解散後，過了一年多。

我們這支隊伍一直在世界各地討伐魔物，並且處理掉了討伐隊遺漏的盜賊團。

在這一年裡，我們的團隊合作也變得像樣多了。

我和吉斯康擔任前衛，迎擊敵人，亞娜和霍金負責在後方支援，而哈林斯則擔任中衛，視情況防禦敵人的攻擊。

剛開始，我們經常依靠較為年長的吉斯康，但最近已經變得合作無間了。

私底下的交情也變得深厚，現在都是直呼彼此的名字。

如果是這群可靠的夥伴，一定能夠幫我爭取到時間！

吉斯康拔出備用的彎刀，揮刀斬斷觸手。

吉斯康總是隨身帶著好幾種武器，還會配合狀況靈活運用那些武器。

雖然斧頭這個主要武器不能用了，但他還有其他武器。

可是，戰況並不樂觀。

因為我脫離戰線，讓吉斯康與哈林斯的負擔變大，有些應付不過來。

雖然霍金與亞娜也在找機會掩護他們，但我知道他們依舊應付不來。

「雖然會賠本，但也顧不了那麼多了！」

霍金把某種東西丟向勃愛蘿。

下一瞬間，那東西炸了開來，讓勃愛蘿結凍了。

「哈哈！感覺如何啊！這可是我花大錢弄到的冰結玉喔！」

難不成那是一次性的魔道具嗎！

這種用過就丟的魔道具相當昂貴。

因為有能力製造的工匠並不多，所以其效果也是有保證的。

看來霍金剛才丟出去的是灌注了冰魔法效果的魔道具。

「○☆＃％％！」

勃愛蘿發出震耳欲聾的奇怪叫聲。

牠胡亂揮舞觸手，在地上痛苦地打滾。

我不能放過這個好機會！

「去吧！」

我把大家幫忙爭取了時間才得以建構完畢的聖光魔法——聖光槍射了出去。

這是按照師父的教導，用魔力提升威力的一擊！

雖然憑我現在的實力，需要相當多的時間才能發動，但威力本就強大的聖光魔法，威力又變得更上一層樓了。

聖光槍輕易貫穿觸手，深深刺進本體！

然後發出光芒爆裂四散。

「大家都辛苦了。」

完成委託後，我們舉辦慶功宴。

「乾杯！」

「「「乾杯！」」」

吉斯康和霍金用酒，其他人則用果汁乾杯。

「真是的，我再也不想去討伐勃愛蘿了。」

喝了一口果汁後，亞娜一邊嘆氣一邊抱怨。

聲音中流露出藏不住的厭惡。

「嗚嗚……光是回想起來，就讓我起雞皮疙瘩。」

「我們倒是沒什麼感覺……妳真的那麼討厭嗎？」

「那還用說！」

聽到哈林斯這麼問，亞娜一邊揮舞杯子一邊表示肯定。

杯裡的果汁撒了一點出來。

「該怎麼說呢，就是那種強烈的執念吧？總之，那傢伙就是一直對我展現出那種感情，想到就噁心。」

看到亞娜全身發抖的模樣，我覺得自己或許做了對不起她的事。

畢竟勃愛蘿這種魔物，號稱是女性的世界三大公敵之一。

據說所有被勃愛蘿抓住的女性，在絕命以前都得一直遭受令人難以啟齒的對待。

明明男性都會馬上被吃掉，卻會刻意留女性一命。

據說因為這種特性，讓勃愛蘿受到一些變態的喜愛，被偷偷養在家裡，然後變態會故意把女性送進牠們的虎口。

不過，在絕大多數的情況下，那些人都沒能成功馴養勃愛蘿，反而被吃掉了。

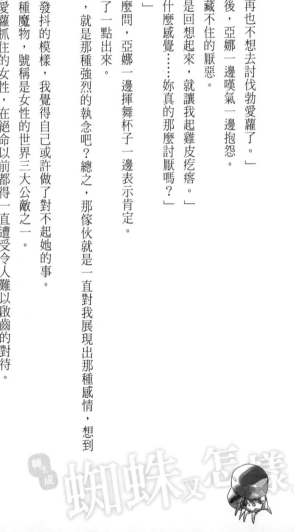

說不定我們這次討伐的勃愛蘿，也是這樣吃掉主人逃出來的。
我也是個男人，對這種事情也不是毫無興趣。
不過，要是說出這種話，感覺會被亞娜瞧不起，所以我不會說。
「為什麼世界上要有色慾這種東西呢？要是那種東西從世界上消失就好了。」
也許是真的很討厭勃愛蘿對她展現出的執念，亞娜說出可怕的話。
「妳在說什麼傻話啊？要是沒有色慾，我們也不會出生吧？別否定自己誕生的原因啦。」
哈林斯傻眼地這麼說。
可是嘴角微微揚起。
看來他正打算捉弄亞娜。
「才不是呢！你別把相愛男女之間的神聖行為，跟那種骯髒下流的事情混為一談！愛是更神聖又高貴的事情！」
聽到亞娜這樣大喊，霍金把喝到一半的酒「噗！」地噴了出來。
被嗆到的霍金咳個不停，坐在旁邊的吉斯康忙著幫他拍背。
幸好這裡沒有別人，我覺得那種話不該大聲喊出來。
亞娜似乎也在大喊後發現了這件事，臉變得越來越紅。
「是嗎？那種既神聖又高貴的事情到底該怎麼做啊？妳可以教教我嗎，聖女大人？」
「這這這……這個嘛……！」

啊……她完全被哈林斯耍著玩了。

可憐的亞娜滿臉通紅，暈頭轉向。

明明沒有喝醉，卻像是喝醉了一樣。

「那種事我說不出口！」

「那不是既神聖又高貴的事情嗎？既然妳是擔任聖職的聖女大人，那就教教我這個無知的傢伙吧。」

「嗚嗚嗚……！」

雖說這有一半是亞娜自己失言，但讓她繼續被捉弄也有點可憐。

我也差不多該出面制止了。

「哈林斯，別再捉弄她了啦。」

「喀喀喀……這樣也好。知道亞娜意外的好色就夠了，我就特別放她一馬吧。」

「好……好色？你是在說我嗎！」

「妳不是對那種事很感興趣嗎？要不然反應也不會這麼大吧？」

「你說誰很感興趣啊！」

「別激動嘛，妳也到了那種年紀，就算對那種事感興趣也不奇怪。而且妳也說了吧？那是既神聖又高貴的事情。既然如此，那侍奉神的聖女對那種事感興趣，反倒該說是一種義務才對。」

「義……義務？」

「沒錯。所以妳不必感到羞恥，誠實面對自己的心吧。」

「誠實面對自己的心……」

「來吧，在腦海中想像妳喜歡的男生，盡情釋放妳的慾望吧！」

「……」

亞娜用熱情的眼神看向我。

「亞娜、亞娜……妳被他的歪理騙了喔。」

「啊！」

找回理智的亞娜瞪了哈林斯一眼。

哈林斯本人則抱著肚子拚命憋笑。

「哈——林——斯——！」

「哈哈哈，是我不好。」

哈林斯一邊輕笑一邊道歉。

「但是，我是真心認為誠實面對自己的心不是壞事。如果是年輕男女的話，會對那種事感興趣也不奇怪。雖然尤利烏斯長得像正人君子，但也只是普通的年輕男生啊。」

「哈林斯……」

就算我一臉傻眼地叫了哈林斯的名字，他也只是聳聳肩膀，看不出有反省之意。

「反倒是這種死板的傢伙更有可能掉進美人計的陷阱，因為他們平時只是用理智勉強壓抑心中的慾望。越是壓抑自己的人，爆發起來就越是厲害。要是妳動作太慢，說不定會被別人橫刀奪愛喔。」

「什麼！」

亞娜驚呼一聲。

「比如說尤利烏斯的師妹歐蕾露跟他的感情就很不錯。雖然那女孩長相平凡，但最近身體成長了許多。」

說完，哈林斯看向亞娜的胸部，輕輕地嘆了口氣。

哈林斯的這種態度讓亞娜很不爽。

其實亞娜的胸部也不算小。

我反倒覺得那種勻稱的身材很漂亮。

只是……歐蕾露的胸部實在太大了。

我跟師父的二號徒弟歐蕾露一直有著奇妙的緣分。

我們初次見面，是在前沙利艾拉國的蓋倫家領地。

後來師父發現她有魔法方面的才華，硬是把她收為徒弟，在那之後，我們就經常有交流。

現在也偶爾會碰面。

然後，每次碰面時，我都會發現她又成長了一點。

……我是指胸部。

「哼！尤利烏斯才不會被那種空有龐大體積的脂肪塊誘惑呢！對吧？」
看起來有些拚命過頭的亞娜徵求我的同意，但老實說，我很困擾。
我沒辦法馬上表示肯定或否定，只能露出尷尬又不失禮貌的微笑。
不知道亞娜是如何解讀我的反應的，她像是大受打擊一樣，整個人向後一仰。
「那邊的兩位大人！別裝出事不關己的樣子！你們也幫忙說些話啊！」
亞娜把矛頭轉向吉斯康和霍金。
「就算妳這麼說，我也不知道該說什麼。因為我偶爾會去玩女人，可能沒辦法說出妳要的答案。」
「下……下流！」
聽到吉斯康的玩女人宣言，亞娜立刻叫了出來。
「不過，以你們的年紀，對這種話題比較敏感也很正常，我覺得讓尤利烏斯也稍微累積一些經驗比較好。」
「你不要帶壞尤利烏斯啦！」
滿臉通紅的亞娜胡亂揮手。
杯裡的果汁似乎全都撒出來了。
「亞娜小妹，這可不是在跟妳開玩笑，過去的英雄豪傑也經常敗在美人計上。要是對那種事情毫無抵抗力，他很有可能會跟哈林斯說的一樣，輕易掉進美人計的陷阱。尤利烏斯的立場跟別人不同，有可能被仙人跳設計，或是被美色誘惑，被趁機暗殺。這樣的危險是存在的。」

這個出人意料的嚴肅話題似乎讓亞娜對剛才那個激動的自己感到羞愧，整個人縮成一團。

「亞娜小妹，妳這種年紀的小女生，會有這種精神上的潔癖也很正常。不過，我得告訴妳，也有些女性只能靠這門生意賺錢過活，我希望妳不要把她們全都說成壞人，也不要討厭她們。」

「嗯，我明白了。」

被精通黑社會生態的霍金誠懇地如此拜託，亞娜乖乖地一口答應。

因為貧窮而賣身的女性並不少。

亞娜應該也想起了這件事吧。

「我也不是要尤利烏斯為了玩樂對女人出手，只是建議他找間能夠信賴的那種店家累積經驗。既然身為王族，或許有專人會替他做那方面的教育，我這些話可能只是多管閒事吧。如果他有心儀的女人，其實也是不錯的練習對象。」

雖然亞娜用期待的眼神看了過來，但我故意假裝沒發現。

「據說魔族之中也有擅長設下美人計的族群。雖然魔族目前很安分，但如果雙方重啟戰火，身為勇者的尤利烏斯就得踏上戰場的最前線。一旦演變成那種狀況，他很有可能會對上那種傢伙。」

與魔族戰鬥——

那本來就是勇者最重要的任務。

據說前前任以前的勇者幾乎都把一輩子耗在與魔族征戰上了。

只不過，到了前任勇者的時代，魔族突然收起先前的猛烈攻勢，安分到詭異的地步，不再對人族領地發動攻擊。

而這種情況還在持續。

所以，雖然我現在並沒有投身於人魔之戰中，但萬一魔族再次攻進人族領地，我應該就得負起身為勇者的責任了。

那肯定會是一場艱難的戰役。

也許是跟我想到了同一件事，大家的表情都蒙上一層陰影。

「放心吧，我不會輕易掉進敵人的陷阱。反倒是哈林斯可能會色心大起輕易中計，讓我有些害怕呢。」

「如果能死在漂亮大姊姊的毒牙之下，我求之不得！」

我故意開玩笑，哈林斯也陪我一起搞笑。

「真是的！比起尤利烏斯，哈林斯明明更危險吧！」

亞娜氣得破口大罵，吉斯康和霍金都笑了出來。

我暗自許下心願，希望這樣的時光可以永遠持續下去。

小蘇菲亞日記8

骨頭！

嗯？今天的骨頭很有嚼勁耶。

咦？原來這是龍骨嗎？

難怪特別有嚼勁。

總覺得那個陰險小子最近特別殷勤。

只要逮到機會，就想要碰我的身體。

雖然他跟其他那些屁孩不同，至今還不曾對我做過掀裙子這類蠢事，但那個陰險小子果然也是男生。

屁孩會做的事情大概就是那些了。

什麼？

妳說他都碰哪些地方？

頭跟臉比較多吧。

他曾經抓起我的頭髮聞過味道。

再來就是偶爾會碰胸部或屁股吧。
咦？什麼？妳叫我別再讓他碰了？
這很危險？
男人都是色狼？
妳們到底是從哪裡學到這種話……啊，嫌犯就只有一個。
就算妳這麼說，那傢伙還只是個小鬼頭耶。
他只是個男孩子，還不是個男人。
什麼？
妳說男人不管幾歲都是危險生物？
我覺得這樣有些想太多了吧？
好啦！我知道了啦！
以後我不會讓他碰我的身體。
妳說頭髮也不行？
好啦。
什麼？
妳要我注意自己的個人物品？
別讓他偷吹直笛？

？？？我沒有帶直笛啊？
妳到底在說什麼？

Y9 尤利烏斯十五歲　搭檔

眼前是副既虛幻又美麗的光景。

讓人忍不住想要發出讚嘆。

如果那不是災厄的化身，我或許會想要一直欣賞下去。

在我視線仰望的前方，有一隻發出赤紅光芒的大鳥飛在天上。

每當那隻大鳥拍動翅膀，羽毛前端就會噴出耀眼的火焰，描繪出美麗的軌跡。

那是神話級魔物——不死鳥。

不死鳥一如其名，據說是一種不會死亡的魔物。

過去成功完成鑑定時，人們得知這種魔物擁有不死這個技能。

雖然許多人對此存疑，但從未有人成功討伐過不死鳥。

不死鳥平時都住在火山上，也沒有襲擊人類的習性。

因為這個緣故，這種魔物基本上對人無害，如果有冒險者為了得到素材或名譽而前去挑戰，一切後果就得自行負責。

而這些人幾乎都沒能活著回來，證明神話級魔物絕非浪得虛名。

所謂的神話級，就是人類無法對付的危險等級。

一旦神話級魔物露出獠牙，人類就只能任憑牠們蹂躪。

沒錯，就跟那個迷宮惡夢一樣……

只不過，因為除了唯一一種例外情況以外，只要人類不主動出手，不死鳥就是人畜無害的存在，所以在人類眼中的危險度並不高。

雖然現在正是那唯一一種例外情況就是了。

包含我們在內，有許多人類正在飛翔的不死鳥後方苦苦追趕。

不死鳥的遷徙——

每隔幾十年，不死鳥就會遷徙一次。

至於要遷徙到什麼地方，得看不死鳥的心情而定。

據說牠有時候會在原本的巢穴附近落腳，但有時候也會到處流浪好幾個月。

根據過去的紀錄，甚至會飛往其他的大陸。

為了尋找新家而在天上飛舞的不死鳥，其姿態看起來既虛幻又美麗。

但是，那可是神話級魔物。

光是在天上飛舞，就會對周遭造成巨大的損害。

每當牠拍動翅膀，捲起的火焰漩渦就會燃燒地表。

不死鳥飛過的地方，都會變成寸草不生的焦土。

雖然只要飛得夠高就沒問題，但不死鳥有時候會一時興起，選擇低空飛行。
要是當時下方有人類居住的城鎮，就無法避免一場慘劇的發生。
因此，人們已經養成當不死鳥遷徙時，在後方追逐，保持警戒的習慣了。
而且這在某種意義上也是一場祭典。
「是羽毛！」
「我要！那是我的！」
不死鳥的羽毛從天上輕輕飄落。
為了得到那根羽毛，在不死鳥身後追趕的一群人全都衝了過去。
不死鳥的羽毛是超級貴重的道具。
有著只要帶在身上，就能讓持有者免於死亡一次的強大效果。
據說即使持有者受到足以喪命的重傷，也能瞬間恢復健康。
對總是與死神為伍的冒險者和騎士來說，是極度渴望得到的道具。
然而，對方是神話級魔物。
那不是能輕易到手的東西。
如果免於一死的代價，是得懷著必死的決心挑戰強敵，那就本末倒置了。
不過，因為有著只要吃下不死鳥的心臟，就能讓人變成不死身這種可疑的傳說，而且只要賣掉不死鳥的羽毛，就能讓人賺到大玩特玩好一陣子的錢，所以試圖討伐不死鳥的野心人士還是絡繹不絕。

可是，就只有不死鳥遷徙的時候，可以在比較安全的情況下取得那些超珍貴的羽毛。

因為這個緣故，每當不死鳥遷徙時，世界各地就會有許多人為了得到羽毛，前來參加這場祭典。

話雖如此，但這可不是輕鬆的工作。

雖然以神話級魔物來說，不死鳥的移動速度並不是很快，但如果不使用馬之類的交通工具，還是很難追上。

事實上，我們就是騎著持久力出色的馬在後方追趕。

在能騎馬的地方可以這麼做，但如果遇上深山或森林的話，就得靠著自己的雙腳去追。

地形對飛在天上的不死鳥來說毫無意義。

我們必須像這樣一直追趕不死鳥。

直到不死鳥決定好下一個住處為止。

然後，如果不死鳥前進的方向上有人類的住所，就必須搶先一步繞過去，帶領民眾避難。

此外，會受到影響的也不是只有人類。

原本棲息於不死鳥前進路線上的魔物，也會因為住處被烈火燒掉而被迫遷徙。

結果就導致這些魔物到處流竄，讓附近的生態系統出現變化。

最後甚至會對附近的城鎮與村子造成影響。

為了防患於未然，計算不死鳥的前進路線，並且回報給冒險者公會，也是這群人的任務之一。

「真有精神……」

哈林斯看著正在爭搶羽毛的那群人，用有些疲倦的聲音這麼說。

「畢竟他們是為了這個才會參加這場行動嘛。」

「可是，已經是第十天了耶……」

面對倦色濃厚的哈林斯，我只能用苦笑作為回答。

沒錯，實不相瞞，這場不死鳥追蹤行動已經來到第十天了。

在遷徙的過程中，不死鳥會一直在天上飛行。

而在後方追趕的我們，也勢必無法停下腳步。

這種不能好好吃飯睡覺的強行軍，讓強烈的倦怠感向我們襲來。

「可惡，這傢伙竟然睡得這麼香……」

哈林斯忿忿地瞪著呼呼大睡的亞娜。

亞娜正躺在我懷裡。

而同騎一匹馬的我則支撐著睡著的亞娜。

如果不這麼做，我們就無法補充睡眠。

就連要吃飯，也只能一邊騎馬一邊啃乾糧。

最麻煩的是上廁所的時候，這種時候只能趕緊下馬完事，然後重新趕上大家的腳步。

當然，路上不可能會有廁所，只能在藍天白雲底下搞定。

因為這個緣故，這群人之中的女性，就只有亞娜一個。

因為這種強行軍會對女性造成許多不便，這也是沒辦法的事。

雖然我在出發前勸過亞娜留下來，但是她說聖女無論何時都得陪在勇者身邊，不肯聽我的勸告。

結果如我所料，她在途中就氣力用盡了。但就連身為男人的哈林斯都受不了這種精神與肉體上的折磨，所以這也怪不得她。

「還有，亞娜也太缺乏危機意識了吧？一個年輕女孩實在不該混進一群男人之中。」

「這就代表她對尤利烏斯非常信任吧？因為她知道尤利烏斯不會對她亂來，也不會讓別人對她亂來。」

哈林斯因為疲倦而說出比平時還要惡毒的話，吉斯康趕緊出言安撫。

「我覺得那也是一種依賴。聖女明明應該成為勇者的支柱，但卻是亞娜在依賴尤利烏斯。」

「哈林斯，你說這種話是在替她擔心吧？」

明明可以直接說他在擔心亞娜的安危，但他就是不這麼說。

這傢伙還是一樣口是心非。

「有件事我一直很在意。哈林斯，你是不是喜歡亞娜？」

「啥？」

吉斯康向哈林斯如此問道。

老實說，我也一直很在意這件事。

哈林斯是個口是心非的傢伙。

雖然他總是出言挖苦，喜歡捉弄亞娜，但我懷疑他其實可能是對亞娜有意思。

只不過，亞娜明顯對我有好感。

我也擔心哈林斯是因為顧慮到這點，才故意跟亞娜保持距離。

「呃……沒這回事啦。我可以向神明發誓，這絕對不是說謊，我並沒有喜歡這傢伙。」

想到哈林斯可能喜歡亞娜，卻因為有所顧慮而藏起自己的心意，就讓我一直不敢問他這件事，但哈林斯很乾脆地否認了。

「真的是這樣嗎？」

「真要說的話，我喜歡的是另一位女性。」

這我還是頭一次聽說。

因為過去從未顯露出這樣的跡象，我還以為他喜歡的是近在身旁的亞娜。

「是誰？」

吉斯康笑咪咪地質問哈林斯。

雖然大家都說女生喜歡聊戀愛話題，但其實男人也很喜歡聊這種話題。

我也對兒時玩伴的心上人很感興趣。

「祕密。」

「別說這種話了，你就告訴我們嘛。我們不是兒時玩伴嗎？」

眼見哈林斯賣起關子，我也隨著吉斯康一起發問。

「這是祕密……反正這段戀情不可能會有結果。」

看到哈林斯的表情，讓我對自己的輕率發問感到後悔。

雖然我們混在一起很久了，但我還是頭一次看到哈林斯的這種表情。

哀愁、戀慕、悔恨……那是這些複雜的感情全都交織在一起的表情。

看到那表情我才發現。

他口中的那位心上人，肯定是再也見不到的人。

那名女子八成只存在於哈林斯的回憶之中。

「抱歉……」

「對不起。」

「沒關係。」

我跟吉斯康出言道歉，哈林斯像是原諒了我們般，微微一笑。

雖然偶爾會有這種感覺，但當時的哈林斯表情十分成熟，完全不像個和我同年齡的孩子。

「別管我的事情了，先解決尤利烏斯這邊吧。你有打算要回應亞娜的心意嗎？」

哈林斯把話題丟到我這邊來。
「也對，畢竟亞娜小妹的心意那麼明顯。」
吉斯康也樂得順水推舟。
雖然在這種場合不適合說這些，但我畢竟才剛逼哈林斯做出煎熬的告白。
如果只有我不表態，實在是有些過意不去。
「我打算一輩子單身。」
換句話說，我無意回應亞娜的心意。
「那又是為什麼？」
為了有條理地回答吉斯康的問題，我閉上眼睛整理思緒。
「我這人肯定不會長命。」
我邊說邊睜開眼睛。
「師父曾經對我說過，如果看不清自己能力的極限，做出無謀的舉動，只會提早自己的死期。所以，我覺得自己遲早會壯志未酬身先死。」
我一直在思考這個問題。
我的目標是創造一個任何人都能歡笑過活的和平世界。
不過，我自己也很清楚，那是個不可能實現的願望。
我的力量微不足道。

雖說我是勇者，卻連師父都打不贏，肯定也贏不了在眼前飛翔的神話級魔物。

我能做到的事情實在太少了。

可是，我還是決定要繼續往理想邁進。

即使明白那是不可能實現的願望，我還是要勇往直前。

而那正是師父所說的無謀之舉。

所以，我的死期肯定會來得很早。

「師父還說，人要先活著，才談得上什麼生存之道。可是，我果然還是無法放棄追求理想。即使明白前方有著自己無力解決的困難，我也要拚盡全力，直到真的無能為力的最後一刻。」

不過，我並不打算連累別人。

「我希望亞娜得到幸福，明知自己會早死的我，沒資格跟她在一起。」

聽到我的回答，哈林斯嘆了口氣，吉斯康敬佩地點了點頭。

「如果那就是你的答案，那我也不便多說什麼。」

說完，吉斯康便不再追問。

「可是，我覺得你們兩個應該在一起才對。」

不過，哈林斯似乎不太滿意我的回答。

「尤利烏斯，你並不討厭亞娜吧？不，其實你喜歡她對吧？」

「……沒錯。就是因為喜歡她，我才會這麼做吧。」

正是因為喜歡她，才會希望她得到幸福。

「既然如此，那你就老實地跟她交往不就得了嗎？」

「要是我辦得到，就不會這麼辛苦了。」

「不管你們有沒有交往，如果你死掉了，亞娜都會傷心，她應該會永遠活在你死去的陰影下吧。」

「可是，至少她還保有與別人共創幸福的未來。我不能因為一時的感情，就毀掉亞娜的一生。」

「為什麼跟你在一起就會毀掉她的一生？即使會活在你死去的陰影下，只要你們曾經在一起，或許就能留下幸福的回憶不是嗎？」

哈林斯的這番話，讓我想起師父說過的話，以及迪巴先生的生存之道。

「而且你那種以自己會死為前提的思考模式，我也不是很喜歡。」

哈林斯狠狠地瞪著我。

我原本以為他在生氣，但他無力地嘆了口氣。

「唉……沒想到貴為勇者大人的人居然急著想死，真教人失望。唉，我真是太失望了。」

「你這話是什麼意思？」

「我是說，一個以自己會死為前提思考的膽小鬼，別以為自己能夠成就什麼大事。你只能懷著必死的決心，在不去送死的前提下拚命奮戰。」

我有一瞬間分不出來哈林斯這番話是在開玩笑，還是認真的。

不過，這肯定是他的真心話吧。

「你說得對。嗯，我不打算去送死。」

「那就好。你就算要死，也得排在我後面。因為我會保護你們大家。」

「我很期待你的表現。」

吉斯康一邊笑著說「真是青春啊」，一邊注視著我跟哈林斯的互動。

就在這時——

跑在前面的霍金，用相當快的速度騎馬衝了回來。

「大事不好啦，前面有一個村子。」

「好，我明白了。大家都聽到了嗎！我們必須繞到不死鳥前面，把村民們帶去避難！」

我大聲對眾人下達指示後，眾人粗獷的喊聲傳了回來。

「亞娜，快醒醒。」

「嗚……嗯嗯……」

亞娜睡迷糊的聲音聽起來莫名誘人。

因為剛才的話題，讓我對她有些在意。

「亞娜。」

「啊！是眼珠國王！」

我稍微加重語氣再次呼喚，亞娜便喊著莫名其妙的詞彙醒了過來。

她到底夢到什麼了？

「奇怪？眼珠國王不是正在揭發嘴唇騎士與耳朵女王的姦情嗎？咦？」

那到底是什麼怪夢啊！

我有些在意。

之後，我把睡迷糊的亞娜徹底叫醒，然後全員一起追過不死鳥，趕往那個村子。

「不會吧！你叫我去避難？那房子要怎麼辦啊！」

正當我通知村民不死鳥即將來襲，呼籲大家去避難時，一名男子提出抗議。

這不是我們頭一次在城鎮裡勸人去避難，之前在其他村子和城鎮裡也發生過類似的事情。

當時我們再三勸告，總算說服了民眾，但這次的情況不太一樣。

「要是房子被燒掉，就算逃過這一劫，我也活不下去了！我要留下來保護房子！」

男子完全不聽勸，一副打死都不肯離開的樣子。

「大叔，就算你留在這裡，也只是讓自己陷入危險罷了。說什麼要保護房子，你只會跟房子一起被燒成灰燼！」

「我不在乎！這間房子就是我的一切！如果這間房子被燒掉了，那我活下去還有什麼意義！」

男子完全不聽哈林斯的勸告。

「勇者大人，這下子該怎麼辦？」

其中一名團員困擾地如此問道。

我也不知道該如何是好。

「你就是勇者嗎？」

結果男子主動向我搭話。

「是的，我就是。」

我覺得這可能會成為說服他的契機，便試著與他對話。

「既然你是勇者，那就保護好我的房子啊！如果是勇者的話，應該辦得到吧！」

「這個嘛……」

「喂，大叔，你不要太過分。如果辦得到的話，我們就不會勸你們去避難了吧？」

「為什麼辦不到！他不是勇者嗎！既然是勇者的話，就幫我保護好房子啊！難道我說錯了嗎！」

男子抱住房屋的牆壁，就這樣哭了出來。

看來他似乎對那間房子有很深的感情，要是放著不管，很可能真的會跟房子一起陪葬。

「……我明白了。」

「喂！」

聽到我的回答，哈林斯一把抓住我的肩膀。
團員們也一陣騷動。
「你是說真的嗎！」
「對。我會負起責任保護這間房子。所以，請你到安全的地方避難吧。」
「你會不會只是嘴巴上說說，最後還是捨棄房子……」
「我絕對不會那麼做。」
我筆直注視男子的眼睛如此斷言。
「那就拜託你了。」
也許是相信了我說的話，男子放開抱住房子的手，握住我的手，深深地低下頭。
然後，團員們就帶領包含那名男子在內的村民們前去避難了。
「然後呢？你打算怎麼辦？」
「你有什麼辦法嗎？」
「你這小子竟然毫無計畫……」
哈林斯傻眼地抓了抓頭髮。
「就這樣放著這間房子不管如何？」
「我跟他說好不會那麼做了。」
聽到我的回答，哈林斯大大地嘆了口氣，用求救的眼神看向其他隊員。

「既然尤利烏斯決定要做，那我這個聖女只能捨命奉陪！」

「也對，事情到了這種地步，也只能放手一搏了吧？」

「放心吧，又不是非得擊敗不死鳥不可，總是會有辦法的。」

聽到其他三人的回答，哈林斯無力地垂下肩膀。

「你不是說要保護我們嗎？」

「好啦！我知道了啦！」

聽到我半開玩笑地這麼說，哈林斯死心地嘆了口氣。

「然後呢？你到底打算怎麼做？」

說完，哈林斯看向霍金。

「不死鳥可是神話級魔物，就算正面向牠挑戰，我們也不會有勝算。」

霍金是我們之中握有最多情報的人。

而以那些情報為基礎，擬定我們的作戰計畫，就是霍金的工作。

「所以，我們要避免正面迎戰，讓不死鳥避開這個村子。」

於是，我們決定執行霍金提出的作戰計畫。

在不死鳥的前進方向上，冒出了一道煙霧。

不死鳥似乎不喜歡那道煙霧，為了閃避而改變了前進的方向。

我們做的事情很單純。

那就是製造出會發出不死鳥討厭的氣味的煙霧，然後用風系魔法加以控制。

藉此誘導不死鳥避開煙霧，改變前進的方向。

因為不死鳥是比較常出現在人類面前的神話級魔物，所以人類對這種魔物做過某種程度的研究。

因為這個緣故，人類知道不死鳥討厭的東西，只要利用那些東西，就能讓不死鳥改變前進的方向。

只不過，這種方法有個缺點。

那就是用來發出不死鳥討厭的氣味的素材十分昂貴。

那種素材就是火龍的糞便。

雖然不死鳥跟火龍都是火屬性的魔物，但牠們的交情似乎很不好。

不死鳥絕對不會在有火龍的地方定居。

因此，不死鳥會避開燃燒火龍糞便冒出的煙霧。

可是，火龍再弱，也都至少會到Ｓ級。

有些個體甚至跟不死鳥一樣被歸類為神話級，是一種非常強大的魔物。

而且火龍基本上都過著群居生活。

棲息的地點幾乎都是在活火山附近那種人跡罕至的地方。

採取火龍糞便有著跟採取不死鳥羽毛一樣，甚至更高的危險性。

而這些珍貴的糞便，都是用在不死鳥前往大型城鎮的時候。

這是因為要讓大型城鎮的居民避難很困難，讓不死鳥改變前進路線較為安全。

因此，為了以防萬一，我們必須盡量把火龍的糞便保留起來。

而我們正在製造的煙霧，是借用極少量的火龍糞便燒出來的。

雖然火龍糞便照理來說必須保留到緊急情況下才能使用，但如果只使用極少量的話，不會造成問題。

當然，只使用極少量的火龍糞便，就燒不出足以趕跑不死鳥的煙霧。

因此，我們才會用風系魔法收集冒出的煙霧，把煙霧送到不死鳥的鼻子前。

「真不愧是人族最強魔法師的頭號徒弟。」

吉斯康佩服地這麼說道。

遺憾的是，我沒有多餘的心力可以答話。

魔法這種東西本來有著固定的形式與威力。

而師父是全世界第一個對此做出改革的人。

不光是「發出」魔法，而是「操控」魔法。

因為在師父成功以前，世界上沒人辦得到這件事，所以其難度絕對不低。

風系魔法原本只能讓風往一個方向吹。

想要把煙霧收集起來，進而送到不死鳥的鼻子前面，是非常困難的事情。
要是我分散了注意力的話，魔法恐怕會一口氣消散，煙霧也會跟著消散。
儘管做的事情看似單調，但這在某種意義上比發動大魔法還要累人。
「很好！不死鳥前進的路線偏移了！維持現在這樣，再稍微往右邊偏一點。」
我依照哈林斯的指示操縱煙霧，讓不死鳥前進的路線逐漸偏移。
只要繼續維持下去，就能順利誘導不死鳥離開。
正當我這麼想的瞬間，一陣風吹了過來。
「啊！」
那不是魔法，而是自然的風。
在那陣風的吹拂之下，煙霧直接打到不死鳥臉上。
「嘰嘰——！」
不死鳥發出尖銳的叫聲。
「糟了！」
據說不死鳥不會主動襲擊人類，性情在神話級魔物之中算是相當溫馴。
然而，不死鳥依然不會放過敵人。
如果只是操縱煙霧妨礙牠前進，還不至於令牠向我們發動攻擊，但直接把煙霧砸在牠臉上就另當別論了。

不死鳥看了過來。

眼中散發出明顯的敵意。

「吉斯康！你快帶著亞娜跟霍金逃走！」

我連忙叫了出來。

「那怎麼行！等一下！」

吉斯康聽從我的指示，把亞娜跟霍金夾在腋下，拔腿就跑。

雖然亞娜大聲阻止，但吉斯康並沒有停下腳步。

吉斯康心裡明白。

他知道與神話級魔物為敵會有什麼下場。

不死鳥大大地展開翅膀。

我趕緊衝向前方。

為了盡量與吉斯康他們拉開距離。

不死鳥的目標是我。

因為勉強大家蹚渾水的人是我，所以受害者也只能是我！

不死鳥拍動翅膀。

火焰巨浪向我襲來。

我展開光魔法防護罩。

可是，我灌注所有魔力展開的防護罩，卻像是紙一樣輕易被燒盡。
「盾！」
利用防護罩被燒盡的瞬間空檔，哈林斯不知道在什麼時候衝到我前面，舉著盾牌站立不動。
「哈林斯！」
我的喊叫被火焰漩渦吞沒。
衝擊只在一瞬之間。
然而，我清楚看到哈林斯在那一瞬間，連同盾牌一起燒了起來。
可是，多虧有哈林斯挺身保護我，我才只受到輕微的灼傷。
火焰掃過大地，視野恢復清晰。
全身都被燒爛的哈林斯依然舉著盾牌站在我眼前。
發動一次攻擊後，不死鳥似乎感到心滿意足，只瞥了我們一眼就飛走了。
下一瞬間，哈林斯雙腿一軟，倒在地上。
「哈林斯！」
我衝向倒在地上的哈林斯，趕緊拍掉還在他身上燃燒的火焰。
「哈林斯！」
從身後傳來亞娜的聲音。
看來是吉斯康又趕緊扛著亞娜回來了。

「亞娜！快替他治療！」

「好的！」

亞娜使用治療魔法。

我也配合她使用治療魔法，治療哈林斯的身體。

「哈林斯！別死啊！」

我們不斷地全力施展治療魔法。

霍金從懷裡拿出瓶子，把裡面的液體撒在哈林斯身上。

那是治療藥水。

「嗚……！」

「哈林斯！」

哈林斯發出呻吟聲。

「……我不會死的。因為要是我死了，下一個就輪到你了不是嗎？」

哈林斯用虛弱但堅定的口氣如此回答。

「你太勉強自己了。」

「你沒資格說我。」

哈林斯勉強撿回了一命。

彷彿在讚許他的奮戰一樣，一根不死鳥的羽毛輕輕飄落在他身旁。

雖然哈林斯成功撿回一命，但我們認為他無法繼續追蹤不死鳥，就把剩下的事情託付給其他團員，然後自行退出了。

檢查過哈林斯的傷勢後，我們決定在村子裡休息一晚。

我們讓哈林斯在借來的房間裡躺著休息。

就在這時，那位拒絕去避難，導致我們得要與不死鳥對峙的男子前來拜訪。

看到身受重傷的哈林斯，男子面色鐵青。

「這都是……因為我嗎？」

「……我們有遵守約定，你的房子平安無事。」

「我……那間房子是我跟死掉的老婆一起蓋的，所以……」

「那真是太好了。」

哈林斯冷冷地對男子這麼說。

「……非常感謝您的大恩！」

男子低頭鞠躬後，便慌忙離開房間。

「看吧，這就是我們接受那種自私傢伙的要求，不惜賭上自己性命的成果。尤利烏斯，這樣你滿意了嗎？」

哈林斯真心誠意地如此問道。

哈林斯肯定是想要告訴我，說我不應該對每個人都伸出援手。

那些話聽起來也像是間接在責備我。

我們會接受那名男子的請求，是因為我個人的任性。

如果我們用強硬的手段把男子帶走，逼他前去避難的話，就不需要像這次這樣冒險了。

而且這樣就不會害得哈林斯差點死掉。

所以，哈林斯會生氣也很合理。

而且我覺得比起自己受傷這件事，他更對我的莽撞感到生氣。

不過，就算是這樣，如果又遇到同樣的狀況，我應該還是會做出同樣的選擇。

「抱歉，哈林斯，就算是這樣，我肯定還是會對那些人伸出援手。讓你被任性的我牽連，實在是非常抱歉。」

「任性？你搞錯了吧？你那不叫做任性。所謂的任性，是用來形容像剛才那位大叔那種人的詞彙，你那是叫做人太好啦。」

哈林斯傻眼地嘆了口氣。

「他確實是個任性的人。不過，他至少有來道謝，也對害你受傷這件事感到自責。經過這次的事情，他肯定會察覺自己的任性，所以我相信他會把今天對我們抱持的感恩心情，用在未來的某人身上。」

「……你真是個無可救藥的老好人。」

哈林斯死心地閉上雙眼。
「哈林斯……抱歉。」
「……算了，我早就知道你是這種人了。」
哈林斯露出苦笑。
「可是，人不會變得像你說的那麼好，那位大叔也很可能會把你的幫助當成是理所當然的事情。或許有些人會感謝你的幫助，然後努力效仿你當個好人，不過並不是每個人都會那麼做，你千萬不能忘記這件事。」
「……嗯，我會的。」
我覺得哈林斯說得很有道理。
不管我再怎麼努力，都會有不願改過向善的人。
過去那個人口買賣組織的盜賊們就是這樣。
就算不盡如此，應該也會有只想要利用我的人出現。
雖然這很可悲，但我並沒有足以改變萬人之心的能力。
我輕輕撫摸圍巾。
「別露出那種表情嘛。就是因為喜歡你這種天真的地方，我才會決定跟隨你。這點今後也不會改變。」
也許是因為我的表情相當失落，哈林斯趕緊出言安慰。

而哈林斯這番話，也是在繞著圈子說他今後依然會跟隨我。

老實說，因為害得哈林斯這麼勉強自己，我原本還有些擔心他不會繼續跟隨我了。

所以，能夠聽到哈林斯這麼說，讓我感到非常高興，也非常安心。

「反正你這麼亂來也不是第一天的事情了不是嗎？我身上這些傷勢，只是證明我還不夠成熟，沒有能力與你並肩作戰。」

「沒那種事。」

如果被不死鳥的火焰直接擊中，就算是我也很可能會命喪黃泉。

我能夠幾乎全身而退，都是因為哈林斯挺身保護我。

如果要說誰不成熟，讓哈林斯保護的我才是那個不成熟的人。

「哈林斯，我要再次向你道歉，並且向你道謝。」

「嗯。」

對不起，讓你這麼勉強自己。

還有，感謝你願意跟隨這樣的我。

「對了，這個給你。」

我把撿到的不死鳥羽毛拿到哈林斯面前。

「給我幹嘛？」

「給你帶在身上。」

哈林斯似乎想不到我交出羽毛的理由，於是我如此說明。

「什麼？為什麼我非得帶著這種東西不可？這東西應該放在你身上吧？」

哈林斯拒絕收下羽毛。

我硬是把羽毛塞進哈林斯手裡。

「喂！」

「這個應該讓你帶在身上才對。」

「你到底為什麼要把這東西讓給我！你知道自己的重要性嗎！跟我比起來，你才是不應該死掉的人吧！這東西應該放在你身上才對！」

雖然哈林斯想要把羽毛塞過來，但我沒有收下。

「因為我不會死，所以不需要這個。」

「你到底在說什麼傻話啊！」

「難道不是嗎？就算我會死，也會排在你後面吧？」

聽到我這麼說，哈林斯啞口無言。

因為那是哈林斯對我說過的話。

因為哈林斯自己說過，只要他還活著，就會保護好我們的生命。

「我不會死，但你是負責防禦的前衛，戰死的機率也比較高不是嗎？既然這樣，那你當然比我更適合帶著這個。」

「尤利烏斯，你這傢伙實在是……」

哈林斯躺在床上抱頭苦惱。

「這個跟那個是兩碼子事，這根羽毛還是給你吧。」

「不要。」

「你這個頑固的臭小子——！」

之後，我跟哈林斯誰也不讓誰，一直爭吵到哈林斯累到睡著為止。

哈林斯……

就跟亞娜一樣，我也希望你能得到幸福。

Hairins Quart

哈林斯·克沃德

本名是哈林斯·克沃德。他是亞納雷德王國的克沃德公爵家的次男。由於家裡已經決定由年紀大上他許多的長子繼承家業，而且那名長子也有了孩子，導致他在家裡的立場有些微妙。他跟尤利烏斯是立場同樣微妙的兒時玩伴，因為這層關係，他成為尤利烏斯的隨從，此後便一直在公私兩方協助尤利烏斯。雖然經常捉弄亞娜，給人不太正經的印象，但其實心思細密，而且重視夥伴。他之所以願意擔任隊伍的盾牌，不顧自身危險挺身保護其他人，都是因為一心想要保護同伴。

小蘇菲亞日記9

骨頭……今天就算了吧。
什麼？妳問我有沒有發燒？
嗯……其實妳可能說中了。
總覺得最近身體狀況不是很好。
就是有點身體發燙的感覺。
不過，我並沒有真的發燒喔。
只是隱約覺得身體重重的，有種倦怠感。
其他症狀？
我想想……對了，總覺得看到男生的脖子，就有種慾火焚身的感覺。
有人想要被吸血嗎？
妳們是從哪裡學到這個哏……啊，嫌犯就只有一個。
沒錯，我確實有種想要吸血的衝動。
不過，我不會那種做的。

雖然我很討厭那群小鬼，但還不至於會去襲擊他們。
我會忍耐的。

Y10 尤利烏斯十六歲　夥伴

「大家好，好久不見～」

雙峰搖個不停。

即使隔著衣服，也能清楚看出那陣晃動。

亞娜敏銳地察覺到我視線的方向，輕輕在我的側腹上戳了一下。

「嗨，歐蕾露，好久不見。」

我向許久不見的師妹歐蕾露問好。

我們正在造訪帝國的某個城鎮。

「對方叫我到當地跟負責人會合，但我沒想到那人會是妳。」

「啊哈哈。別看我這樣，我好歹也是個宮廷魔導師。人生還真是難以預料呢～」

歐蕾露挺起碩大的胸部，一副無精打采的樣子。

她原本只是師父的僕人。

也不知道出了什麼差錯，師父發現她有魔法方面的才華，硬是收她為徒，然後她就莫名其妙當上宮廷魔導師了。

雖然她本人的目標似乎是隨便找份工作，隨便找個人結婚，隨便度過一生，現在卻意外過著與當初的人生藍圖相去甚遠的生活。

「宮廷魔導師的生活很辛苦嗎？」

「超辛苦的。」

她的眼神已經死了。

「所謂的宮廷魔導師，都是些跟我們師父同類的變態。而且那些傢伙不知為何都叫我大姊頭，他們明明就比我老吧！」

師父的同類聚集的魔窟。

嗯，光是聽到這樣的說明，我就很清楚她過得多麼辛苦了。

「啊……這些私底下的話題就等到下次再聊，先來談談工作上的事情吧。總之，公會長正在等你們，麻煩你們跟我走一趟。」

說完，歐蕾露帶領我們前往冒險者公會。

「我跟這裡的公會還挺有緣的呀～」

「以前有發生過什麼事嗎？」

「你忘了嗎？就是那隻從師父手中逃掉的特異種巨魔啊。」

「啊，我想起來了。原來就是在這裡啊。」

我聽說過那件事。

帝國出現了一隻特異種巨魔。

那是一隻有別於尋常巨魔的強大個體，為數眾多的冒險者因此犧牲，最後演變成不得不派師父出馬的重大事件。

而且儘管師父跟被譽為劍聖的世界最強劍士組隊前去討伐，卻還是被那隻巨魔逃過一劫，在當時造成相當大的話題。

話雖如此，自從那隻巨魔逃到魔之山脈以後，就再也不曾出現在人前，於是人們便謠傳牠可能被住在魔之山脈的冰龍殺死了。

看來這裡就是那隻特異種巨魔曾經現身的城鎮。

「嘖，怎麼又是採藥草的任務啊？」

「邦彥，別再抱怨了啦。」

當我們抵達冒險者公會門口時，兩個年紀跟修差不多的孩子走了出來。

跟他們擦肩而過，走進公會後，我跟看向這裡的男子四目相對。

「啊，這不是戈頓先生嗎，公會長在嗎？」

「是歐蕾露小妹啊……等我一下。」

說完，男子便踩著熟悉的步伐往裡面走去。

冒險者公會內部基本上只有職員才能進去，但這位戈頓先生看起來不像是職員，比較像是冒險者，這樣真的沒問題嗎？

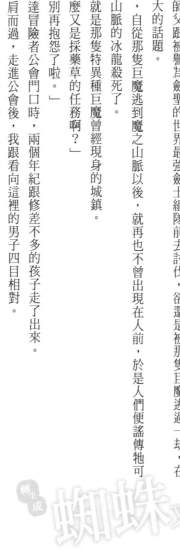

「他說你們可以進去。」

「好的。那各位請往這邊走。」

聽到戈頓先生的聲音從裡面傳來後，歐蕾露便催促我們過去。

按照指示走到裡面後，我們看到公會長的辦公室，進到了裡面。

疑似公會長的中年男子與剛才那位戈頓先生，正在辦公室裡等待我們。

「勇者大人，歡迎您大駕光臨。敝人就是這裡的公會長。」

公會長如此自我介紹。

「我是這裡的冒險者，名叫戈頓。請多多指教。」

「我是勇者，尤利烏斯．薩剛．亞納雷德。」

戈頓先生重新向我們介紹自己，我們也按照順序自我介紹。

大家都做過自我介紹後，對方便請我們就座。

「那事不宜遲，我們馬上切入正題吧。勇者大人，請問您對這件事情知道多少？」

「我幾乎什麼都沒聽說。」

雖然公會長直接切入了正題，但我們在來到這裡以前，對整件事情可說是一無所知。

只聽說現在有個非常棘手的問題。

「這樣啊……算了，那我從頭開始說明吧。」

公會長說完這句話後，便開始說明這座城鎮……不，正確來說是這座城鎮附近地區所遇到的狀況。

「這座城鎮就位在魔之山脈附近，只要稍往東方前進，就能抵達與魔族領地之間的緩衝地帶。簡單來說，就是距離魔族領地很近。」

在帝國之中，這裡算是邊境地區。

可說是魔族領地就近在眼前的地方。

「不過，想要橫跨魔之山脈是不可能的。雖然不是沒有能繞過山脈的路線，但那些地方是盜賊部族的地盤，雖說比山脈地區來得好，但自然環境條件也很惡劣。如果不是發生相當嚴重的大事，魔族不可能會跑來這邊。」

魔之山脈不但有冰龍棲息，那種極度寒冷的環境也不適合讓人類通過。

能夠繞過山脈的路線也盤踞著以狩獵魔族維生的部族。

因此，雖說這裡離魔族領地很近，但並不需要擔心魔族的侵略行動。

「可是，那裡的其中一支部族，在幾年前被魔王的部下消滅了。在那之後便發生了一些問題。」

「難道是魔族攻過來了嗎？」

「不，雖然魔族確實過來了，但他們並不是前來進攻的。」

我還以為魔族會趁機發動零星攻勢，但看來我猜錯了。

既然如此，那他說魔族過來了是什麼意思？

「那他們是來做什麼的？」
「他們是來逃難的。」
這個答案我完全沒預料到。
「咦？逃難？」
坐在我旁邊的亞娜眨了眨眼睛，看來她的心情跟我一樣。
順帶一提，歐蕾露就坐在我的另一邊。
然後，因為這裡的沙發並不是很寬敞，我們坐得有點擠，身體緊貼在一起。
雖然我努力不去在意，但從左右兩側傳來的柔軟感觸，讓我感到有些困擾。
不行，這是很嚴肅的話題，我必須專心聽才行。
「不過，偷跑到這邊的魔族數量並不多。消滅掉一支部族後，有零星魔族便巧妙利用這個防線漏洞，連夜逃跑跑來了這邊。簡單來說，那些魔族都是在魔族領地混不下去才會逃來這邊。」
聽完公會長的說明，我愣了好一陣子。
魔族是人族永遠的敵人。
對人族來說，魔族是長年交戰的宿敵，也是恐懼的象徵。
到底有誰想像得到，那些魔族居然會連夜逃跑，變成難民跑來人族領地？
「那個……那些魔族怎麼了呢？」
「我也很同情他們，但實在不能讓魔族踏進人族領地，所以我們只能遣返那些魔族，要不然就得在這邊就地處刑。」

即使拚命逃來這裡，也只有殘酷的命運在等著他們。

雖說是魔族，但也讓人有些同情。

「審問那些被抓到的魔族後，我們問出了魔族領地目前的情況，據說他們那邊的情況很糟糕。」

「這又是為什麼？」

「據說新任魔王上任後，稅賦與兵役都加重了。」

我已經透過神言教，聽說了魔王換人的事情。

雖然不曉得新任魔王是什麼樣的傢伙，但聽完剛才那些話後，我不認為對方是個好的統治者。

「所以他們才連夜逃跑嗎？看來魔族也不好過啊。」

哈林斯小聲呢喃。

「目前都只是現況說明，接下來才是正題。」

公會長拿出一張紙。

「這是？」

「這是逃到這裡的魔族男子帶來的東西，那傢伙說他就是為了送這封信而過來的。」

「可以讓我看一下嗎？」

「可是上面寫的是魔族語。」
「沒問題，我看得懂。」
為了即將到來的人魔大戰，我也學過魔族語。
不管是對話還是讀寫，全都難不倒我。
而我手中的這張紙上寫著驚人的事情。
由於新任魔王的統治實在太過令人痛苦，魔族正準備叛變。
為了討伐魔王，他們希望人族也出手幫忙。
因為魔王極為強大，如果可以的話，他們希望借助勇者的力量。
不管我們是否要幫忙，魔族都希望能與我們密會一次。
上面的內容總結來說就是這樣。
「可疑……」
「太可疑了。」
「感覺就是個陷阱。」
哈林斯、吉斯康與霍金都斷言這是陷阱。
「不過，魔族領地的狀況是真的糟糕到有許多人民連夜逃跑不是嗎？對方會不會真的是要向我們求助？」
這是亞娜的說法。

信上還寫著密會的希望日期與地點。
地點就在與魔族領地的緩衝地帶之中的森林深處。
而希望日期就在幾天以後。

「我還是覺得這是個陷阱……」
「我也這麼認為。」
聽到哈林斯如此呢喃，我也表示贊同。
「既然這樣，那我們為何還要主動跳進陷阱？」
「因為我想賭萬一這不是個陷阱的可能性。」
為了前往信上指定的密會地點，我們正在森林裡前進。
關於信裡的內容是真是假這點，我們得出這十之八九是個陷阱的結論。
雖然有魔族難民逃來這裡是事實，但只為了要反叛，就想借助人族這個老對手，而且還是魔族仇敵的勇者的力量，實在是太奇怪了。
從魔族難民口中打聽到的魔族領地狀況，給了這封信一定程度上的可信度。
可是，這還是很不自然。
就算新任魔王的治理很有問題，就算真的有人企圖反叛，應該也不會想要借助人族這個敵人的力量才對。

這麼想來，當然會覺得那封信是用來引誘出我這個勇者的陷阱。

所以，我們是在做好那是陷阱的心理準備的情況下，前往密會的指定地點。

照理來說，既然知道那是個陷阱，最好的做法就是置之不理。

沒必要特地前往明知道有陷阱的地方。

即使如此，我們還是冒著危險跳進陷阱，是因為考慮到魔族有可能是真的被逼到走投無路，才會向我們求助。

我猜應該不會有那種事情。

不過，考慮到魔族領地的狀況，我也無法斷言那種事情絕對不會發生。

萬一真的需要我們的力量才能推翻魔王的話，我不能對那些魔族見死不救。

而且我也想要趁著這個機會，盡量消除人族與魔族之間的隔閡。

雖然人族與魔族之間的恩怨沒那麼簡單就能消除，但這或許能夠成為朝向和解邁出第一步的契機。

我知道自己想得太過美好了。

也知道那種事情只是天方夜譚，接下來要去的地方只有陷阱在等著我們。

不過，可能性並不是零。

既然這樣，那我就不能捨棄那一丁點的可能性。

「我就知道你會這麼說。」

「如果這是尤利烏斯的選擇，那我這個聖女也只能奉陪到底。」

「哼，天真的傢伙。不過，這才是我認識的尤利烏斯。」

「如果那真的是陷阱，就到時候再想辦法吧。」

夥伴們苦笑著接受我的決定。

雖然對受到牽連的其他人感到過意不去，但我們依舊選擇故意跳進陷阱。

「唉……我為什麼會在森林裡散步呢？雖然家裡窮到不行，但我好歹也是貴族的女兒耶，我的人生藍圖到底是哪裡出錯了？」

露出死魚眼的歐蕾露碎碎唸個不停。

除了平時的隊伍成員之外，這次的隊伍還多了歐蕾露與帝國的軍人們。

以及以戈頓先生為首的幾名冒險者。

一共有二十個人。

如果要一邊提防陷阱，一邊在森林裡前進，而且還不能妨礙到彼此的話，最多只能帶著這麼多人。

密會的指定地點是真正無路可走的森林深處。

我們砍倒茂密的草木，一邊開路一邊前進。

「把密會地點定在這種地方，實在讓我很有意見。」

「對方或許是想要避開部族與魔王的耳目也說不定。」

盜賊部族在人魔緩衝地帶的分布很廣。
只要行經人類容易通過的地方，就一定會被部族發現。
或許就是為了避免被發現，對方才只能選擇這種人類難以踏足之處作為密會地點。
而另一個原因，或許是那些魔族也需要瞞過魔王的耳目。
「……！」
我回頭一看。
「怎……怎麼了嗎？」
看到我猛然回頭，亞娜驚訝地叫了出來。
我沒有答話，默默注視著森林深處。
一個人都沒有？
「尤利烏斯，怎麼了嗎？」
發現我的異狀後，哈林斯一邊提高警覺一邊如此問道。
吉斯康與霍金也拿起武器準備應戰。
「我覺得好像有人在看著我。」
聽到我這麼說，大家都疑惑地看向我注視的方向。
「……我沒看到任何人影。」
我們之中最擅長偵查的霍金如此說道。

「……難不成只是我的錯覺？」

「不曉得。也許有人躲在附近，因為被你發現就逃走了。」

吉斯康如此警告。

「這可能是個陷阱，提防伏兵對我們有好無壞。」

「你說得對。」

以這件事為契機，我們一邊仔細偵查周圍，一邊小心前進。

大家自然而然停止了交談，保持著緊張感來到了密會地點。

對方已經在那裡等我們了。

對方一共有兩個人。

其中一人是位少年。

另一人是位女性。

她是一位穿著大大露出豐滿胸部的服裝的妖豔女魔族。

居然比歐蕾露還要大！

「歡迎各位大駕光臨！」

女魔族一邊搖晃著胸部，一邊笑容滿面地走了過來。

然後看似感動地握住我的手。

我知道自己搞砸了。

雖說只有短短一瞬間，但我看向她的胸部，放鬆了戒心。
我想起吉斯康曾經說過的話。
他叫我最好鍛鍊一下對美色的抵抗力。
還說魔族之中有以此為生的一族。
「咕嗚！」
全身上下一陣劇痛。
我趕緊甩開女魔族的手。
難不成這是刺客愛用的「毒手」技能嗎！
但這一握居然能夠貫穿我的毒抗性，造成這麼大的傷害，可見這絕對不是普通的毒手！
難不成這是上位的「毒攻擊」或是更上位的「猛毒攻擊」嗎！
「這也太突然了吧！」
哈林斯衝進我和女魔族之間。
在此同時，少年魔族也發動魔法。
冰彈朝我飛了過來。
不過，歐蕾露發出的火球撞上冰彈，抵銷掉這一擊。
「什麼！居然能抵銷掉我的魔法！」
少年魔族驚訝地叫了出來。

像是要配合他一樣，許多全副武裝的男子從樹叢裡現身，衝了過來。

「可惡！這果然是個陷阱！」

「動手！別放過敵人！」

吉斯康舉起武器。女魔族對發動突擊的魔族士兵們下達指示。

如果這裡埋伏著這麼多士兵，我們很快就會發現。

正因為如此，對方才會一見面就發動偷襲。

對方從一開始就打算解決掉我們。

「喝啊！」

我砍倒逼近眼前的魔族士兵。

鮮血飛濺四散，震懾住後面的魔族士兵，讓他們無法動彈。

「你們不是要打倒魔王嗎！」

「那種怪物不可能打得贏吧！」

即使明知敵人打從一開始就無意合作，我還是忍不住叫了出來。

而對方的回答讓我意想不到。

女魔族既沒有嘲笑被欺騙的我，也沒有沉默以對，而是激動地大吼。

彷彿對無法盡如人意的現實感到氣憤一樣。

「我們只能臣服於魔王！我們沒有退路！」

女魔族拿出鞭子一揮。
雖然鞭子這種武器很長，攻擊範圍很廣，但威力並不如看起來得大。
然而，一旦鞭子結合了毒攻擊，就會化為只要碰到目標就能輕易下毒的可怕凶器。
哈林斯用盾牌擋住甩過來的鞭子。
「這就是所謂的一見面就開打是吧！」
哈林斯難掩內心焦躁，大喊出聲。
雖然我也有在提防敵人設下的陷阱，卻沒想到對方會突然發動攻擊。
不，別找藉口了。
儘管明知有陷阱，卻還是不小心讓女魔族靠過來，還跟她握手，完全是因為我太大意了。
既然如此，那我就得趕緊雪恥才行！
「喝啊！」
我揮劍砍倒進逼過來的敵兵，用魔法光球射穿另一名敵兵。
同時朝向女魔族發出另一顆光球。
「嗚！」
試圖用鞭子迎擊光球的女魔族悶哼一聲。
鞭子無法抵銷光球的威力，從她手中彈飛出去，還對她的手造成了傷害。
女魔族按著自己的手，往後退了一步。

魔族士兵像是要保護她一樣，闖進我的射程範圍之中。

看來我沒能徹底解決掉她……

「敵人的數量太多了，尤利烏斯還……嘖！大家撤退！」

哈林斯下令撤退。

看到我的狀況後，他做出這樣的判斷。

因為敵人一開始的偷襲，我中了相當嚴重的毒。

這實在是相當難受。

而且對方的人數遠遠多過我們，就算繼續打下去，勝算也不大。

「吉斯康！你來扶尤利烏斯！」

「沒問題！來吧，尤利烏斯！」

吉斯康把肩膀借給了我。

「別放過敵人！在這裡確實解決掉他們！」

女魔族按著受傷的手大喊，魔族士兵們全殺了過來。

少年魔族不斷施展魔法。

歐蕾露正在與之對抗。

霍金丟出許多珍藏的魔道具，擋住魔族士兵們的突擊，而戈頓先生也揮舞手中的單刃劍，放出了雷擊。

真厲害！

原來戈頓先生那把劍是雷之魔劍！

「趁現在！全員撤退！」

哈林斯負責殿後，大家試著逃離此處。

我在吉斯康的攙扶下奔跑，而跑在我們旁邊的亞娜也正試著用治療魔法替我解毒。

我擠出最後的一點力量，朝向身後施展光魔法的範圍魔法。

雖然聖光魔法的威力比較強大，但可惜就憑我的技能等級，還無法施展聖光魔法的範圍魔法。

就算學會了，憑我現在的身體狀況，也不確定能不能成功發動。

「唔……！」

我沒有餘力確認自己施展的魔法的成果，只能在吉斯康的攙扶下移動雙腿。

雖然亞娜的治療魔法大致除掉了我身上的毒，但失去的體力並沒有恢復。

亞娜一邊與我們並肩奔跑，一邊繼續對我施展治療魔法。

雖然身體逐漸恢復了，但我不得不承認自己很難再繼續戰鬥。

「很好！我們擺脫掉他們了！」

「再來一擊！」

哈林斯的聲音從後方傳來，然後又接連傳來戈頓先生的叫聲與一陣巨響。

閃光從後方追過我們，隨後才傳來戈頓先生用魔劍使出的一擊造成的巨響。

「很好！大家快跑！」

應該跑在最後面的哈林斯的聲音，聽起來意外的近。

這就代表我們逐漸擺脫敵人的追擊了吧？

即使如此，目前的情況依然不容許我們掉以輕心。

在吉斯康的攙扶下，我朝向前方移動雙腿。

可是……

「咦？」

也許只是我一時眼花。

我眼角瞥見了某種東西。

就算回頭確認，也因為樹木擋住視線，讓我再也看不到那個東西。

「怎麼了嗎？」

「不，沒事。」

雖然吉斯康這麼問，但那肯定只是我看錯了。

我現在沒有多餘心力去在意那種事情，只能把那一切當成錯覺，繼續奔跑。

沒錯，怎麼可能會有那麼多人在這種地方被白絲纏住身體，被變成詭異的擺飾品。

那種地方也不可能佇立著一位白色少女。

那副光景實在太過脫離現實。

那肯定是中毒造成的幻覺。

肯定是這樣沒錯。

我們就這樣倉皇逃了回來。

幸好我們沒有失去任何人。多虧有亞娜的治療，我也很快就康復了。

只不過，結果只能說是非常悽慘。

「各位，非常抱歉。我明明知道那很可能是個陷阱，卻還是掉以輕心了。」

「這也怪不得你，是對方的手段太高明了。即使有考慮到那是陷阱的可能性，也很難應付對方那種突然向前來面談的人下毒的果斷行動。」

聽到我的道歉，哈林斯出言安慰。

「就算是這樣，如果我能更小心一點，說不定就不會中計了。而且我之後還變成你們的累贅，對勇者來說，這是可恥的失態。」

「別這麼說。彌補你的不足，不就是我們這些夥伴的任務嗎？」

吉斯康拍了拍我的肩膀，要我別把那件事放在心上。

「而且我還讓霍金用掉許多珍貴的魔道具……」

「道具這種東西就是拿來用的，要是因為捨不得用而死掉，不就虧大了嗎？」

霍金笑著說出人命比錢重要的道理。

「我還給亞娜添了麻煩。」

「聖女的工作就是支援勇者，我只是做自己該做的事情罷了。」

亞娜反倒是一臉開心，為自己派上了用場一事感到高興。

「多虧有戈頓先生幫忙，我才能逃過一劫。」

「不，那不是我的力量，而是這把刀的力量。」

戈頓先生謙虛地這麼說，但如果沒有他的奮戰，我們應該無法全員平安撤退吧。

雖然沒辦法像霍金那樣，但道具也是他實力的一環。

「我也要感謝歐蕾露。要不是妳壓制住那位看似幹部的少年，說不定我們就有危險了。」

「唉……其實比起對付那傢伙，後面奔跑的部分還比較辛苦就是了。」

累癱的歐蕾露說出毫無掩飾的真心話。

這實在很有歐蕾露的風格，讓我忍不住笑了出來。

「誰叫妳要長著那兩團巨大的贅肉……！」亞娜脫口而出充滿怨念的詛咒，我假裝沒有聽見。

胸部大成那樣，確實是不太方便跑步。

為了從她胸前移開視線，我環視在場眾人的臉孔。

沒有一個人露出責備我的表情。

這反倒令我感到難受。

「……為什麼我這麼弱小？不甘心……我好不甘心啊！」

我不由得抓住圍巾，使勁握緊。

我很弱小。

就跟師父說的一樣，無可救藥的弱。

不管在什麼時候，就算我全力以赴，也總是無法如願以償。

我就算拚盡全力，也總是無法達成目標！

這讓我感到無比懊悔，無比難堪。

「尤利烏斯。」

哈林斯站了起來，走到我面前。

「你這個混帳！」

然後一拳打在我頭上。

「好痛……！」

正當我痛得抱住頭時，哈林斯與我對上視線，筆直注視著我這麼說。

「不是我要說，你為什麼每次都想要自己一個人搞定所有事情？為什麼想要自己一個人扛起一切？」

「哈林斯說得對。我們不是夥伴嗎？所謂的夥伴，就是可以互相依靠的人。要是有人出錯，只要其他人出手幫忙就行了。尤利烏斯，我不想一直受到你的幫助，而是想要跟你互相扶持。」

「是啊，還記得我們說好的契約內容嗎？我提出的要求，是在勇者大人身旁見證你理想中的未來的權利。不是在後面，而是在旁邊。難道你覺得我沒資格跟你比肩嗎？」

「尤利烏斯，我好歹是你的長輩，既然你是晚輩，那就多依賴長輩一點吧。」

「……各位……」

亞娜、吉斯康、霍金……

他們都是我的夥伴。

「一個人辦不到？那大家一起去做不就行了嗎？就算是一個人辦不到的事情，只要跟夥伴一起就能辦到。這次也是一樣。雖然只靠你一個人的力量可能無法解決，但還有我們在，所以你才能像這樣活著回來。你有一群與你並肩作戰的夥伴，更依賴我們一點吧。」

哈林斯把手搭在我的肩膀上，如此說道。

原來如此，我很弱小，但我有一群能夠彌補我不足之處的夥伴。

「我很弱小。」

這是無法改變的事實。

憑我一個人的力量，能夠辦到的事情有限。

可是，如果跟這些可靠的夥伴在一起，我就能辦到更多事情。

「就算是這樣的我，你們也願意跟隨嗎？」

「「「「當然願意。」」」」

哈林斯、亞娜、吉斯康、霍金……

如果是跟他們在一起，我肯定能夠接納弱小的自己，朝向前方邁進。

我如此確信。

「你們的情誼真是感人呢～」

「歐蕾露小妹……拜託妳看看氣氛吧。」

幕間　無法抗衡的事物

我聽到了咀嚼聲。

明明應該聽不見才對。

但那聲音卻在耳邊揮之不去。

不管過了多久，咀嚼聲都不曾停下。

「我們失手了！」

我忍不住叫了出來。

枉費這個原本只期望釣到一名帝國將軍的草率計畫，意外釣到了勇者這個最棒的獵物。

我們居然錯過了這個千載難逢的好機會！

如果計畫成功的話，我們或許能夠立下就算拿去抵銷過去的過錯，也還綽綽有餘的功勞啊！

「沙娜多莉小姐，請妳冷靜一點。」

「我怎麼有辦法冷靜！修維，這都是你沒能擺平那種小女孩的錯！」

「我已經全力以赴了！如果要追究的話，除了剛開始的偷襲之外，妳自己也沒有任何功勞吧！」

我們互相責罵，也許這讓怒火隨著叫聲一起宣洩出來了，我們都稍微冷靜了些。

「……抱歉，我說得太過分了。」

「不，我也太過激動了。」

我們向彼此道歉。

「接下來該怎麼辦？」

「……只能用其他方法立功了。我們已經沒有退路了。」

沒錯，我們無論如何都得討好魔王大人，為魔王軍立功才行。

我跟修維是魔族的軍團長。

擁有出色的背景與天賦，因此得到現在的地位。

由於整個魔族的日子都不太好過，讓我們的生活很難算得上怡然自得，但也已經過著讓大多數人稱羨的生活了，我們也對此感到滿足。

然而，自從新任魔王出現後，我們的生活就完全改變了。

那傢伙居然打算重新與人族開戰。

這簡直就是亂來。

長年征戰對魔族造成的傷害太過巨大，已經連要正常過活都很勉強了。

魔族根本沒有發動戰爭的餘力，無論輸贏都會受到極大的損害。
狀況顯然會比現在更糟糕。
我不會像巴魯多或亞格納大人那樣，把「為了魔族」這種好聽話掛在嘴邊。
我只是討厭上戰場，也無法忍受那種窮困生活罷了。
所以，我跟修維才會接受同為軍團長的涅雷歐先生的提議。
完全不曉得那是通往地獄的單程票。
那並不是什麼難事。
他提出的計畫，就只是要葬送掉礙事的魔王罷了。
先讓其中一位軍團長——華基斯先生揭竿反抗魔王，發動叛變。
而我們則暗中協助華基斯先生，等到華基斯先生率軍殺進首都時，就響應叛軍，背叛魔王。
由華基斯先生率領的叛軍，還有我們各自的軍隊，來對抗首都的防衛戰力。
考慮到雙方的戰力差距，這場政變必會成功。
原本應該是這樣才對。
不過，實際執行了計畫的結果，卻是在華基斯先生從各地召集起叛軍人員以前，就被先發制人的魔王軍鎮壓了。
最後，華基斯先生還在我們面前自盡。
那時候的我還以為自己很安全。

雖然同情華基斯先生的遭遇，但我沒把他的死跟我自己的死聯想在一起。

因為我謹慎地藏好了自己跟叛軍的聯繫，沒有留下任何證據。我還以為就算被人質問，只要裝傻到底，就能蒙混過關。

『你們最好搞清楚，魔王大人是故意放你們一馬的。魔王大人的劍早已抵住你們的喉嚨了，要是你們還敢亂來，就不會再有下次機會了。魔王大人可沒有慈悲到會愛惜廢物的地步。』

可是，亞格納大人隨後立刻給我們這樣的忠告，讓我們明白自己的處境比想像中的還要危險。

亞格納大人是我知道最聰明的人。

既然亞格納大人都這麼說了，那魔王肯定知道我們所做的事情。

這讓我有了危機意識。

可是，這時的我還不明白。

不明白那位魔王有多麼可怕。

我聽到了咀嚼聲。

「我要換掉第九軍的軍團長。」

我、修維與第九軍團長涅雷歐先生，來到魔王指定的地點。

第九軍徒有其名，實際上並不具備軍隊的功能。

軍團成員就只有擔任軍團長的涅雷歐先生，處於虛有其名的狀態。

而魔王說要重新編組這支第九軍，使之成為真正的軍隊。

還要順便換人擔任軍團長。

「我要把第九軍交給這位黑，請大家多多指教。」

魔王介紹給我們的新任軍團長，是一位全身覆蓋著漆黑甲冑般物體的陌生男子。

不但裝扮誇張，就連黑這個名字也很誇張。

那顯然是假名。

那名男子八成是魔王的親信，是靠著人脈當上軍團長的。

可是，我從那名男子身上感受到強者的氣息。

我覺得專職內政的涅雷歐先生會被那名男子取代，也是沒辦法的事。

魔王應該也想把自己的親信擺在軍隊裡吧。

還能悠哉地想著這種事情的我，果然還是太缺乏危機意識了。

早在我們三人齊聚一堂時，我就該察覺事有蹊蹺才對。

「事情就是這樣，我不需要現在的第九軍團長了。」

然後，地獄般的光景在我們眼前上演了。

我聽到了咀嚼聲。

涅雷歐先生脖子以上的部分消失了。

他直接倒在地上，沒有任何防護動作。

大量鮮血配合著心跳，從脖子的切斷面噴出，把地板染成紅色。
我聽到了咀嚼聲。
每當咀嚼聲響起，涅雷歐先生倒在地上的身體就會消失一些。
魔王最後用舌頭舔了舔嘴巴後，把地板染紅的鮮血也消失得一乾二淨。
彷彿那裡打從一開始就什麼都沒有一樣。
我懷疑自己在作夢。
也希望自己在作夢。
可是，那是現實中發生的事情。
「下一個不需要的，會是誰呢？」
說完，魔王笑了出來。
從那天以後，咀嚼聲就一直在我耳裡迴盪。
就跟我心中的恐懼一樣，那聲音絕對不會消失。

「特別行動隊呢？」
「沒回來，我猜八成被幹掉了。」
「真是奇怪……」
我下令叫特別行動隊繞過勇者一行人，前往能夠截斷敵人退路的地點。

如果特別行動隊成功阻斷勇者一行人的退路，就能配合追擊部隊夾擊敵人。

在追擊部隊追上敵人之前，特別行動隊就被殲滅，這不管怎麼樣都令人難以想像。

「難不成他們在前進的途中遇上了敵人？」

說完，我搖了搖頭，否定這個推測。

要是勇者一行人在抵達這裡之前就遇上特別行動隊，應該會更加謹慎才對。

既然我的偷襲成功了，應該就不可能會有這種事。

勇者一行人應該沒有對付特別行動隊的餘力才對。

這麼一來，特別行動隊偶然被盜賊部族或是某人發現，與對方起衝突被幹掉，應該是最有可能的推測吧？

「不管是怎麼回事，繼續待在這裡都很危險。」

既然被勇者一行人逃掉了，就算對方派出大部隊來報仇也不奇怪。

如果特別行動隊是被盜賊部族發現的話，也可能會是那些傢伙前來攻擊。

不管怎麼樣，我們都應該撤退才對。

「我們撤退吧。」

「妳的手跟腳還好嗎？」

「……一點都不好。不過，還不到沒辦法走路的地步，等我們撤退到安全的地方後再治療吧。」

跟勇者交手的時候，我傷到了手，右腳也被勇者最後施展的魔法打傷。

不光是我。

那發廣範圍的光魔法在士兵們的腳邊炸裂，造成了不少的傷患。

如果沒有那記攻擊，我們應該可以更順利地追擊，但因為許多士兵的腳都受了傷，讓我們很難追上逃走的勇者一行人。

我們被敵人擺了一道。

「……我們今後該如何是好？」

修維露出不安的陰沉表情。

「……現在只要想著該如何撤退就夠了。」

我也一樣感到不安。

既然我們錯失了擊敗勇者這個最好的機會，沒能立下功勞，那就只能用其他方法討好魔王大人了。

既然被盯上了，那我們只能向魔王大人展現出順從的意思，努力不讓自己被處分掉，過著提心吊膽的日子。

「幸好這次的作戰是祕密進行的，魔王大人不會知道我們失敗的事情。雖然不會加分，但也不會扣分，就當作是這麼回事吧。」

「是嗎？白白浪費掉兵力，難道不算是扣分嗎？」

不可能出現在此處的聲音傳入耳中。

身體瞬間繃緊。

恐懼讓我動彈不得。

就只有微微顫抖這個動作不曾間斷。

我一邊暗自祈禱這是幻聽，一邊慢慢轉過頭。

我刻意放慢動作，是因為如果不這麼做，好像就會不小心跌倒。

結果，我還是看到了那個我不希望她出現在這裡的人。

一名少女坐在與這種森林完全不搭調的豪華椅子上。

有別於那種毫無女人味的稚嫩外表，其內在是神祕莫測的怪物。

這名少女正是我們畏懼的魔王大人。

「為什麼……？」

妳為什麼會在這裡？

又是什麼時候出現在這裡的？

我心中滿是疑惑。

只覺得自己可能要完蛋了。

「呵呵呵，我聽小白說，你們想要做些有趣的事情，所以才特地跑來參觀喲～」

魔王大人天真無邪地笑了。

只不過，我很清楚她的眼神中並沒有笑意。
白……聽到這個名字，我就搞懂這一切了。
那個叫做白的女人跟黑一樣，都是魔王大人不知道從哪裡找來的傢伙。
就跟黑被任命為第九軍的軍團長一樣，白也被任命為第十軍的軍團長。
雖然第九軍都是些黑帶來的傢伙，給人一種神祕莫測的感覺，但第十軍也跟第九軍一樣，甚至更為神祕。
第十軍明明跟第九軍不一樣，名冊裡的成員都是些來歷可靠的傢伙，但那些身穿白色服裝的成員，卻彷彿都變了個人。
雖然大家都說他們可能被洗腦或改造了，但那支部隊給人一種詭異的感覺，讓人無法對此一笑置之。
而且那些傢伙似乎都是間諜。
換句話說，白就是魔王大人的耳目。
魔王大人一直都透過白在監視我們的行動……
「非常抱歉！」
正當我幾乎絕望時，修維猛然低下頭。
「我們差點就把勇者逼入絕境，卻在最後關頭被他逃掉，還失去了我軍寶貴的戰力，真是萬分抱歉。」

修維乾脆地承認自己的失敗。

「魔王大人，沙娜多莉小姐只是從旁協助我罷了。這是第六軍主導的作戰，所有責任由我來扛。」

他還說要扛起所有責任。

明明外表像個小鬼，卻還這麼會耍帥。

「啊……不用了啦，對於這次的事情，我並沒有生氣。」

相較於抱著必死決心說要負責的修維，魔王大人不以為意地笑著這麼說。

聽到魔王的這番話，修維猛然抬起頭。

這裡離魔之山脈很近，氣溫很低，但他臉上卻冒出大量的汗水。

據說當人感受到超過極限的恐懼時，真的會冷汗直流，而他那副模樣就是最好的證明。

我無法嘲笑修維丟臉。

因為我自己的狀況也差不多。

「雖然你們擅自行動，讓我有些不太高興，不過反正就算你們稍微調皮一下，也幹不了什麼大事。」

這句話就像是在說我們只是可有可無的小角色，但這種照理來說會令人感到屈辱的話，卻讓我鬆了口氣。

因為比起讓魔王大人覺得礙眼，被她當成是無關輕重的小角色要來得好多了。

在華基斯先生的叛軍宣告失敗後，前第九軍軍團長涅雷歐先生似乎仍在暗中搞鬼，試圖拉下魔王大人。

據說他拉攏僕人與廚師，想要下毒殺害魔王大人。

這些事情都是別人告訴我的。

據傳聞所說，魔王大人若無其事地吃光下了毒的料理，還說出這樣的話：

「難吃死了！做出這種難吃料理的人就該砍頭！」

廚師的腦袋好像隔天就飛了。

一如字面所示。

身為共犯的僕人也一起陪葬了。

然後，暗中策劃這一切的涅雷歐先生，在我們面前被處分了。

在耳朵深處響起的咀嚼聲依然不停迴盪著。

從那天以後，我的食慾就減少了許多。

光是聽到自己的咀嚼聲，我就會想起那一天的光景。

我無法理解到底發生了什麼事，只知道有某種超越常人理解的力量，把涅雷歐先生從這個世界消除了。

親眼見識過那一幕後，我便明白巴魯多和亞格納大人對魔王大人唯命是從的原因了。

巴魯多和亞格納大人明明也都是會為了魔族的未來著想，進而採取行動的人物，卻選擇跟隨彷彿要摧毀魔族未來的魔王大人這點，實在很反常。

我們沒有注意到其中的矛盾，被魔王大人年幼的外表所欺騙，踩到了怪物的尾巴。

他們兩人肯定都知道吧。

知道不可能有辦法反抗魔王大人。

要是他們早就知道這件事，怎麼不早點告訴我們呢！

……不，巴魯多早就說過了。

每次碰面的時候，他總是苦口婆心地告誡我們，要我們別違抗魔王大人。

是我自己把那些話當成耳邊風。

要是我有把巴魯多的忠告聽進去就好了。

即使知道就算後悔也無濟於事，我還是忍不住想要回到過去重新來過。

「算了，反正你們已經接受過擅自行動的懲罰了。」

魔王大人這句話把我拉回現實。

我們已經接受懲罰了？

這是怎麼回事？

我們本人平安無事。

換句話說，難不成是其他人遭殃了嗎？

一旁的修維臉色非常難看。

修維好像有個弟弟。

難道說，她對我們不在場的親人做了些什麼嗎！

只有負面想法不斷膨脹。

「你們口中那支遲遲沒有回來的特別行動隊，被我殺光了。」

雖然對特別行動隊的隊員們過意不去，但聽到這句話，讓我稍微鬆了口氣。

因為我覺得就算魔王大人準備了更可怕的懲罰，也一點都不奇怪。

「所以，你們沒必要為了折損寶貴戰力的事情道歉，畢竟殺掉他們的人是我。」

魔王大人毫無愧疚之意，像是惡作劇的孩子一樣，俏皮地吐了吐舌頭。

明明虐殺了一大群人，卻還能露出那種表情，讓我感到難以置信。

有別於可愛的舉動，魔王大人讓我感受到彷彿體溫逐漸喪失的恐懼。

在此同時，我也察覺到異狀。

為什麼她要消滅特別行動隊？

這種懲罰實在太過不切實際。

以軍隊的立場來看，特別行動隊全滅確實是重大損失。

可是，那無法構成對我和修維個人的懲罰。

也就是說，懲罰只是後來加上的藉口，其實她有其他目的嗎？

魔王大人有什麼非得消滅特別行動隊不可的理由嗎？

「那個……請問您消滅特別行動隊的理由是什麼？」

特別行動隊是由修維率領的第六軍人員所組成。

修維會因為在意這件事而發問並不奇怪，但我還是很佩服他敢質問魔王大人的勇氣。

難不成他知道不會繼續受罰，就感到放心，放鬆警覺了嗎？

「答案很簡單，要是勇者現在死掉，我會很頭痛的，所以稍微出手妨礙了一下。」

彷彿在嘲笑我的擔憂一樣，魔王大人很正常地回答。

不過，這句話的內容實在令人感到不服。

「為什麼！我們可是為了擊敗勇者，才像這樣設下陷阱啊！」

這……這個笨蛋！

居然頂嘴難得心情不錯的魔王大人！

「嗯，所以我才不希望你們擅自行動。不過，這次我們也沒有特別叫你們別對勇者出手，所以不能算是你們的錯。」

抱歉喔。魔王大人隨口這麼道歉。

「怎麼這樣……就為了這種事情，我的部下們……」

修維一邊如此呢喃，一邊無力地垂下頭。

這也是理所當然的事。

雖然特別行動隊的成員對我來說都是陌生人，但對修維來說，可都是熟悉的部下。

他不可能不受到打擊。

「為什麼不能打倒勇者？」

「這個你們沒必要知道。」

修維或許是打算至少問出部下喪命的理由，但魔王大人冷冷地如此回答。

「可是……」

修維一邊偷偷觀察魔王大人的臉色，一邊把話吞了回去。

他不可能接受剛才的回答。

可是，要是繼續質問魔王大人，惹得她不高興，也不是什麼好事。

所以，雖然他無法接受，但也只能閉上嘴巴。

修維就此罷休，讓我也鬆了口氣。

「雖然這可能算不上安慰，但他們都是優秀的士兵。」

「……是啊，謝謝您的誇獎。」

意料之外地，魔王大人稱讚了特別行動隊。

我還以為魔王大人只把我們當成用過就丟的棋子，所以她安慰修維的這些話讓我十分意外。

「他們把自己鍛鍊得不錯，在死後化為了世界的肥料。嗯，真是群優秀的士兵。」

我錯了。

魔王大人果然不把我們當人看。

她那些算不上安慰的話，並不只是說說而已。

修維握緊拳頭。

「嗯？生氣了？我惹你生氣了？」

魔王大人不懷好意地這麼問，讓修維氣得咬牙。

「喂，冷靜點。」

我小聲勸修維。

雖然修維擅自頂撞魔王大人被處理掉是無所謂，但要是害我也被牽連的話就糟了。

「喂，知道嗎？這裡只有我一個人喔。」

魔王大人笑著這麼說。

這麼說來，因為魔王大人突然出現，讓我一時震撼沒注意到，但這裡就只有魔王大人一個人。

她身旁沒有護衛。

而這裡有我和修維，以及因為與勇者等人一戰而負傷的第六軍士兵們。

我們占有人數上的優勢。

「你們想怎麼做？」

魔王大人微微歪頭，如此問道。

條件已經安排好了。

魔王大人擁有超越常人理解範圍的未知力量，但如果她只有一個人的話，說不定能靠著在場的士兵們解決掉她。

……我不可能懷有這種不切實際的希望。

「請您別開玩笑了。」

我使勁拉著修維的衣袖，露出諂媚的笑容。

「能夠得到魔王大人的讚美，那些殉職的士兵應該也覺得很驕傲吧。我們怎麼會生氣呢？我也希望自己能跟他們一樣。」

即使自知很假，我也只能說出充滿虛情假意的謊言。

魔王大人揚起嘴角，讓我明白自己的企圖姑且算是成功了。

「這樣啊。那就期待你們今後的表現了。」

意思就是，她希望我們在死後化為世界的肥料嗎？

如果是這樣的話，那我絕對不能回應她的期待。

「屬下遵命。」

即使如此，口頭上還是得表現出順從的樣子。

「小白，我們回家吧。」

魔王大人回頭看向後面。

一名少女不知何時佇立在魔王大人身後。

少女彷彿全身都被染成白色，在另一種意義上跟魔王大人一樣超乎常人。

那模樣太過脫離現實，甚至讓人懷疑她是不是從畫裡跑出來的。

「那我們先回去了，從今以後千萬別再擅自行動了喔。」

要不然我就把你們吃掉。

丟下這句話後，魔王大人與白色少女就消失了。

在她們兩人消失後又過了很久，我癱坐在地上。

受傷的手腳直到現在才傳來陣陣刺痛。

不過，比起腳痛，我是因為耗盡了力氣才無法繼續站著。

「說什麼現在只有自己一個人，明明還有另一個人在場不是嗎？」

我沒發現有人躲在這裡。

只不過，就算真的只有魔王大人一個人，我採取的行動也不會改變。

我贏不過魔王大人。

不可能贏。

如果不是這樣的話，她不可能獨自來到這種地方，也不可能說那種話挑釁我們。

她是在測試我們。

要是我們當時真的反叛會是什麼下場？

我們現在肯定已經死了。

想到這裡，就讓我渾身發抖。

好冷……

我整個人冷到不行，從體內開始結凍。

可怕……太可怕了……

我們僅剩的生存之道，就只有繼續對魔王大人表現出恭順的態度。

即使如此，也不確定她到底願不願意留我們一命。

因為魔王大人希望我們去死。

我們無法違抗魔王大人。

無力違抗。

一旦違抗就會死。

可是，就算我們不違抗，最後也是死路一條。

「到底要我們怎麼做啊！」

我忍不住叫了出來。

「沙娜多莉小姐，現在別想那麼多了，先離開這裡再說吧。」

修維似乎也沒有答案。

像是要帶過這個話題一樣，他拉起我的手，幫我重新站起身，還用手扶著我的腰邁出腳步。

我邊走邊思考。

凡是生物都有絕對無法抗衡的事物。

那就是死亡。

只要活著，就總有一天會死。

在我的心目中，魔王大人就是死亡的象徵。

小蘇菲亞日記10

天啊！今天的鮮血也好美味！
忍耐果然對身體不好！
咦？秒速墮落女？
那是什麼？
咦？妳說什麼？
妳叫我別吸血？
可是人家就是想吸嘛。
而且被我吸了血的男生都露出非常幸福的表情。
吸到血的我開心。
被吸血的那些傢伙也開心。
既然大家都開心，那不就是好事嗎？
雖然男生們好像開始崇拜我了，但那也算是不可抗力之事。
咦？班長？

聽說她前陣子被陰險小子毀婚，還被趕出學校了。

她活該！

其他女生也因為這樣變得安分，可說最近發生的全是好事！

我的時代來臨了！

哎呀？

誰會在這種時間過來……咦？這不是白嗎？

找我有什麼事？

嗚……嗚嗚嗚……

主人，我是個壞孩子。

不會吧！

這是怎麼回事！

讓人固定叫某人「主人」的詛咒？

還附送如果不聽主人命令就會強制下跪的詛咒？

這也未免太過分了吧！

我到底做錯了什麼！

咦？妳叫我問問自己的良心？

……我什麼壞事都沒做啊！
咕哇！
喂！
妳也用不著踢我吧！
咦？等等……咕哇！
快住手！
啊啊啊……！
主人，我是個壞孩子！
拜託放我下來！
全裸龜甲縛實在太過火了啦！
這本書會變成限制級的！
咦？
妳怎麼一副要回去的樣子？
咦？咦？
難不成妳打算就這樣放著我不管嗎！
喂，妳是在開玩笑吧？
等一下！

拜託妳別走！

對不起！是我錯了！求求妳放我下來！

至少讓我把衣服穿上啊！

Y11 尤利烏斯十七歲　成果

我被魔族偷襲的消息，很快就傳遍全世界了。
魔族不再躲著養精蓄銳，開始發動攻勢。
這種趨勢逐漸高漲，讓鄰近魔族領地的帝國也提高了警覺。
為了能夠隨時前去迎戰魔族，我也努力做著準備。
然而，魔族在那之後就沒有太大的動作，只有時間緩緩地不斷流逝。

「是勇者大人！」
「勇者大人來了！」
看到出來迎接我的冒險者們開心的樣子，就知道這裡處於多麼糟糕的困境。
這裡是某個村子附近的荒野。
而這是個建立在該處的簡易據點。
雖說是據點，但也沒有那麼完備，只有幾座帳篷並列在一起，能夠住人，但幾乎沒有什麼防禦力。

而冒險者們正在這個據點抵擋著某種魔物的進攻。

「這樣就能擊敗那隻土精了！」

某種魔物指的是土精。

據說精靈種魔物的威脅度足以匹敵龍種，而土精是其中負責掌管土屬性的魔物。

精靈種魔物的生態與一般魔物有著很大的不同。

有些人甚至懷疑它們到底算不算是生物。

它們總是突然出現，不斷生出手下的小精靈。

然後，身為源頭的精靈會一邊把那些小精靈慢慢散布到周圍，一邊留在原地繼續生產小精靈。

被放出來的小精靈會開始攻擊所有看到的生物。

只要沒有擊敗身為源頭的精靈，小精靈就會一直跑出來。

而且剛誕生的小精靈，危險度就有C級了。

這是普通冒險者必須組隊才能討伐的危險度。

光是對付一隻，就得耗上很大的工夫了，精靈一天居然還能生出十隻左右的小精靈。

只要連續十天放著不管，就會變成足以毀滅一座城鎮的強大戰力。

因此，一旦有人發現精靈，就得傾盡冒險者與國軍之力立刻擊敗。

幸好由於精靈會到處散布小精靈，所以不難發現。

既然發現了小精靈，表示精靈必定存在。
此外，不可思議的是，精靈種魔物只會出現在離人類住處不遠的地方。
如果小精靈在遠離人類住處的地方不斷增加，就會變得讓人無計可施，但過去從來不曾發生這樣的事。
彷彿在主張自己的存在，叫別人發現它們一樣。
也沒人知道精靈誕生的原理，再加上那種不需要睡眠與進食，一點都不像是生物的習性，甚至讓人們懷疑精靈是神明賦予人類的試煉。
不過，我對這種說法的真偽並不感興趣。
只要知道精靈是會危害人類的魔物，我要做的事情就不會改變。
「土精的情況怎麼樣？」
「與其用嘴巴說明，不如直接用看的比較快吧。請往這邊走。」
這裡的指揮官，同時也是曾經參加過人口買賣組織討伐隊的這個國家的將軍，把我帶到帳篷外面。
「它就在那裡。」
在將軍手指的方向，那傢伙就在用肉眼只能看見一個點的遠方。
那是指使著周圍無數隻小精靈的土精。
外表就像是用泥土和岩石打造的奇怪人偶。

不是人類的某種東西試圖模仿人類的外型，給人一種詭異的感覺。

周圍還有無數隻動個不停的小精靈。

雖然比精靈還要小，但它們也都是人型。

然而，因為它們用纖細的手腳在地上有如昆蟲般爬行，所以看起來就像是模仿人類模樣的異形。

那些小精靈大概有三十隻左右。

「看來敵人數量不少。」

「我們已經努力試著削減敵人數量了，但光是要阻止數量增加就已經竭盡了全力。考慮到士兵與冒險者們都越來越疲勞，之後恐怕連要維持現狀都會變得困難。」

將軍回頭看向身後的帳篷，嘆了口氣。

帳篷裡躺著受了傷與正在輪班休息的士兵和冒險者。

他們看起來都疲累不堪，將軍本人似乎也比上次見面時還要憔悴。

與會不斷生出小精靈的精靈之間的戰鬥，在擊敗精靈以前都不會結束。

然而，精靈是足以與龍種相提並論的威脅。

危險度Ｓ級。

雖然這是連不斷增加的小精靈也算進去後定下的等級，但依舊不是能夠輕易討伐的魔物。

「跟精靈戰鬥就是跟時間戰鬥，我們立刻前去討伐吧。」

現在也依然有許多士兵與冒險者正在跟小精靈戰鬥。

可是，不管擊敗多少隻小精靈，只要沒有擊敗精靈本體，小精靈就會一直增加下去。

正如將軍等人所顯露出的疲態，相較於戰力只會越來越弱的我們，對方卻能無止盡地製造出小精靈。

「可是，勇者大人你們不是才剛趕到嗎？」

將軍這句話是在暗示我們才剛抵達，是否需要先休息一下？但我搖了搖頭，如此回答。

「跟我們比起來，一直都在這裡戰鬥的大家應該更累才對。最有精神的我們可不能休息。各位，你們沒問題吧？」

我回頭確認夥伴們的意見。

「我沒問題。」

「當然沒問題！」

哈林斯與亞娜立刻回答，吉斯康與霍金也默默點頭。

「好，那我們上吧！」

聽到我的號令，大家都使勁點頭。

「將軍，麻煩你盡可能動員多一點人，大家一口氣衝上去。」

「我明白了！」

面容憔悴的將軍眼中燃起鬥志。

目送將軍奔往帳篷後，我們先一步前往土精所在的地方。

同時在途中幫助與小精靈戰鬥的士兵與冒險者。

「勇者大人？」

「勇者大人來了！」

「萬歲！太好了！」

「贏定了！我們能贏！」

結束與小精靈的戰鬥的人們跟隨我們。

他們都很累了。

可是，跟隨著我們前進的步伐卻強而有力。

因為身為勇者的我參戰，讓這場看似永無止境的戰鬥出現了勝算。

這讓他們士氣高昂。

「各位！我來了！這場戰鬥，我們會贏！」

我進一步鼓舞眾人的士氣。

怒吼聲響徹荒野。

我用魔法一擊解決掉小精靈。

小精靈是C級魔物。

雖然是一般冒險者會陷入苦戰的敵人，但憑我這個勇者的能力值能輕易擊敗。

就這樣大致解決掉路上的小精靈後，我跟與那些小精靈交了手的所有士兵與冒險者會合了。
這時我們也來到土精附近了。
雖然從據點那邊看過來，土精只有豆子般的大小，但實際來到附近後，就能看到它那至少有人類三倍大的巨大身軀。
而且旁邊還有小精靈在保護那隻土精。
「土精交給我們對付！大家別太勉強自己，幫我引開周圍的小精靈就好！」
我一邊下達指示，一邊準備發動魔法。
在我至今交手過的魔物中，土精是危險度僅次於迷宮惡夢與不死鳥的對手。
沒必要保留實力！
「我們上吧！」
我對準土精發動光系範圍魔法。
如果順利的話，這一擊說不定就能把小精靈一網打盡。雖然我懷有這樣的期待，結果卻事與願違。
為了抵銷我的魔法，土精也施展土系魔法。
敵人的魔法建構速度還真快。
落入魔族的陷阱，顏面盡失後，只要有時間，我就會鍛鍊自己。
雖然還比不上師父，但我的魔法實力應該提升了不少。

但後攻的土精卻有辦法對抗我的魔法。

看來這會是一場苦戰。

我瞬間就意識到這點。

小精靈們七零八落地衝了過來。

「準備迎戰！」

在我大喝一聲的同時，在場眾人的身體都被光芒包覆了。

這是亞娜的支援魔法，能夠暫時提升能力值。

舉著盾牌的哈林斯衝到前面，迎戰最前方的小精靈。

「看我的！」

哈林斯把撞到盾牌上的小精靈推了回去。

繞過哈林斯盾牌的小精靈，則被我和吉斯康一刀兩斷。

以此為開端，周圍眾人都跟小精靈打了起來。

「往前衝！」

「喔！」

我跟吉斯康一邊擊敗小精靈一邊衝向土精。

土精伸手碰觸地面後，地面便冒出巨岩，被它抓起來。

「糟了！」

吉斯康大聲喊叫，土精擲出巨岩，這兩件事幾乎在同一時間發生。
輕易就能壓爛我們身體的巨岩飛了過來。
我朝向那顆巨岩發出聖光彈。
巨岩與光球正面對撞，爆裂四散。
小碎片傾瀉而下，被擋在前面的哈林斯用盾牌揮開。
我們就這樣繼續前進，縮短與土精之間的距離。
也許是發現了巨岩無法擊敗我們，土精用雙手使勁拍打地面。
周圍一陣搖晃。
對掌管土元素的土精來說，引發局部地震只不過是小事一樁。
士兵與冒險者們抵擋不住這陣搖晃，不是跌倒就是單手撐地。
雖然我們沒有失去平衡，但也停下了腳步。
就在這時，土精把手臂橫向揮了過來。
「哈林斯！」
「咕……嗚！」
擋在前面的哈林斯，連同防禦的盾牌一起被打飛出去。
「你這個臭小子！」
吉斯康趁機繞到土精腳邊，朝向敵人的小腿揮出斧頭。

「唔！」

可是，吉斯康的斧頭只能稍微砍進土精的腳。

好硬！

「嗚哇！」

吉斯康就這樣被土精踹飛，跟哈林斯一樣飛了出去。

而我則朝向土精的頭揮劍一劈。

趁著土精把注意力放在哈林斯與吉斯康身上的時候，我用空間機動這個技能跳到上方，準備使出渾身解數的一擊。

可是，土精為了保護頭部，舉起手擋在我的劍前面。

照砍不誤！

「喔喔喔喔喔！」

我讓聖光之力籠罩在劍上。

灌注了聖光之力的劍斬斷土精的手臂，順勢劈開底下的腦袋。

土精向後倒下。

在發出地鳴聲的同時，土精的身體面向天空，倒在地上。

可是這樣還不夠！

土精還活著。

我要趁著這個機會，確實給它致命一擊！

我一邊墜落一邊反手持劍，準備順勢把劍刺進土精的身體。

土精用剩下的那隻手揮向我。

「「尤利烏斯！」」

哈林斯的盾牌與吉斯康的斧頭同時擊中土精的手臂。

他們擲出自己的武器，想要阻止土精的攻擊。

可是……

「嗚！」

土精的手臂沒有停下來，把我從空中擊落。

我重重摔在地上，整個人彈了起來。

我在這時發動空間機動這個技能，勉強恢復平衡，重新著地。

「咳啊！」

咳了一聲後，鮮血的味道也在嘴裡散開。

這傢伙果然不好對付。

土精用還健在的那隻手撐起身體站了起來。

它被我砍斷了一隻手，頭部也被深深地砍了一劍。

對方應該也受到了重創才對。

戰況可說是難分軒輊。

就在這時，我的身體突然舒服了許多。

這是……亞娜的治療魔法！

雖然亞娜一直跟霍金一起待在後方，但她似乎從遠方發動了治療魔法。

真是感激不盡！

這樣就沒問題了！

土精大大地抬起腳。

雖然剛才是用雙手，但它這次似乎想要用腳引發地震！

「別想得逞！」

吉斯康的鎖鐮纏住土精的另一隻腳。

「我們一起拉！」

吉斯康與哈林斯使勁拉扯鎖鐮。

因為土精這時只用單腳站著，而那隻腳又被使勁地拉扯，讓土精的身體傾向前方，一副快要跌倒的樣子。

我朝向全身都是破綻的土精發出四顆聖光彈。

同時發動魔法。

這是現在的我能使出的最強一擊。

「上吧！」

四顆光彈直接擊中身體前傾的土精，反過來把它巨大的身軀往後擊飛出去。

土精再次面朝天空倒在地上。

身體碎裂四散，再也沒有起來。

「贏了嗎？」

不知道是誰如此呢喃。

「我們打贏了！」

「嗚喔喔喔喔喔喔！」

大家發出勝利的怒吼。

我也回應眾人的怒吼，把劍舉向天空。

「大家加油！把剩下的小精靈全部收拾掉！」

為了擊敗剩下的小精靈，我壓下當場癱坐的衝動，逼自己重新上緊發條。

隨後參戰的將軍也率領援軍前來助陣，後來沒有用掉太多時間，我們就把剩下的小精靈全數擊敗了。

把土精巨大的亡骸運回村裡後，村民們便發出歡呼迎接我們。

這麼一來，這個村子就能免於土精的威脅了。

想到這裡，我的臉上也自然露出了笑容。

「勇者大人，這個給你！」

聽到呼喊的我回頭一看，看到一位小女孩把花拿到了我面前。

「這是要給我的嗎？謝謝妳。」

我蹲下來正面看著女孩，接過那朵花。

那是朵平凡無奇、隨處可見的野花。

「聽說我們能過著和平生活，都是勇者大人的功勞！」

「謝謝妳。」

我覺得這句話跟充滿女孩心意的花朵，肯定比任何昂貴的花束都還要有價值。

這彷彿是在告訴我，我至今所做的一切並非毫無意義。

「勇者大人好厲害！」

當我注視著收下的花朵時，一個男孩推開小女孩，衝到了我面前。

「那個怪物！那是勇者大人擊敗的對吧！我要怎麼做，才能變得跟你一樣強呢？」

男孩指著我們這次擊敗的巨大土精的屍體，興奮地說個不停。

我明白這個年紀的男孩都對強大懷有憧憬。

可是——

「你是沒辦法變強的。」
「咦？」
我冷冷地對男孩這麼說，從他旁邊走了過去。
然後在剛才被男孩推倒，哭了出來的小女孩旁邊蹲下。
「很痛吧？我立刻幫妳治療。」
我一邊輕撫小女孩的頭，一邊用治療魔法治好她身上的擦傷。
「好了，不會痛了。」
「不會痛了嗎？」
「嗯，不會痛了。」
「真的耶！謝謝你！」
小女孩停止哭泣。
「會讓身旁的人哭泣的傢伙，是沒辦法變強的。」
我看向茫然呆立的男孩，說出了這句話。
「你所追求的強大，肯定是能擊敗那隻魔物的強大吧。」
我指著土精的屍體如此說道。
「可是，如果把那種力量用在會讓人哭泣的事情上，那就不能算是強大了，而是壞事。你剛才弄哭了這孩子，那是非常壞的事情。」

「嗚……」

「強者不會讓別人哭泣。讓別人哭泣的人叫做壞人，所以你是沒辦法變強的。」

小孩子或許聽不懂我想說的。

不過，只要能讓他們知道不能做壞事，那就夠了。

「好啦，既然做了壞事，就要好好道歉。」

「嗚……」

「知道嗎？打倒壞人是勇者的使命。如果你做了壞事的話……」

「對不起！」

我稍微威脅了一下男孩後，他就乖乖道歉了。

「嗯。很好。只要不做壞事，你一定會變強的。」

「真的嗎？」

「真的。可是，要是你忘記這件事，跑去做壞事的話，我就不得不來打倒你了。所以，你要當個好孩子才行。」

「嗯，我會的。」

在那之後，男孩跟小女孩重修舊好，牽著手離開了。

「看來，比起你以前說過的抑止力，教育還要更為重要。」

吉斯康笑著目送男孩和小女孩離開。

「雖然跟那個男孩追求的強大有所不同，但我希望他能得到不做壞事，一直走在正道上的強大。」

「深有同感。」

我一直在世界各地討伐魔物與盜賊。

這些事情本身當然有其意義，但像這樣讓人們看著我奮鬥的姿態，也能造成一些些的影響。

而我希望那會是好的影響。

Y12 尤利烏斯 二十一歲 家人

「大哥，歡迎回來。」

我久違地回到故鄉的王城。

在那裡見到我同父異母的弟弟列斯頓。

列斯頓是第二側妃生下的第三王子。

國內王妃的地位是正妃排行第一，接著依序是第一側妃與第二側妃。

一如數字所示，身為我母親的第三側妃是地位最低的王妃。

如果我不是勇者的話，地位或許會比列斯頓這個弟弟還要低也說不定。

想到這裡，就讓我覺得不可思議。

「我回來了。拿去，這是給你的禮物。」

「謝謝大哥！咦？這該不會是帝國的魔劍吧！」

列斯頓開心地看著我給他的魔劍。

就跟師父以前借我用過的魔劍一樣，那是把擁有火焰之力的魔劍。

魔劍這種東西原本就很寶貴，而且這把魔劍的來源又比較特殊，市場上買不到。

只不過，由於經常可以見到帝國軍方的高官使用魔劍，於是便流傳著這樣的傳聞。

那就是帝國可能成功量產魔劍了。

雖然我在跟師父見面時打聽過這個傳聞的真假，但被他巧妙地蒙混過關，結果沒能問出真相。

不過，他都把那些寶貴的魔劍讓給我了，我也沒辦法再多說什麼。

「可是，這樣真的好嗎？你要把這麼貴重的東西送給我嗎？」

「沒關係。其實同樣的魔劍，我這裡還有好幾把呢。」

我手邊還有好幾把魔劍。

我開玩笑地跟師父說想要魔劍後，他就說自己用不到那種東西，一口氣給了我十把魔劍。

師父太過慷慨，讓我嚇了一跳。

「那些魔劍不是什麼吉利的東西。不過，武器是無罪的。」

他還說了這種意味深長的話，這些魔劍八成有什麼問題。

我總覺得師父似乎想要擺脫這些魔劍。

所以才會把賣掉一把就能蓋豪宅的魔劍輕易地送給我。

我給了哈林斯一把雖然沒有攻擊方面的特殊效果，卻能自動幫主人療傷，而且十分堅硬的劍。

還給了吉斯康一把擁有火系特殊效果的大劍。

至於霍金，則是給了他附有雷系與麻痺效果的短劍。

而我自己則是選擇了跟哈林斯的魔劍一樣，沒有特殊攻擊手段，卻有著非常好的魔力傳導率，適合用來輔助發動魔法的劍。

遺憾的是，我並沒有適合給亞娜的武器，但因為擁有的裝備更完善，我們的戰力還是大幅提升了。

我原本還在煩惱剩下的魔劍該怎麼處理，最後決定把六把魔劍中的五把分別送給家人。

對象是父親大人、薩利斯大哥、列斯頓、修和蘇這五個人。

我已經把劍交給父親大人和薩利斯大哥了。

雖然父親大人很高興，但薩利斯大哥卻露出複雜的表情。

看來我跟大哥之間的隔閡還是很深。

雖然想要解決這個問題，但我經常不在國內，很少有機會跟他交流。

我想應該只能花時間慢慢解開心結了吧。

孩提時代的我們頗為要好，我相信我和大哥一定可以互相理解的。

至於要送給修和蘇的魔劍，我打算等他們從學校畢業後再交給他們。

要是太早用慣強大的武器，他們有可能會變得依賴武器。

雖然我覺得這種事應該不會發生在他們身上，但這是為了保險起見。

而且我也想要把這當成慶祝他們畢業的禮物。

……絕對不是因為擔心他們有了魔劍就會打贏我，才不願意送給他們。我是說真的喔？

「對了，雖然與魔劍無關，但我從波狄瑪斯那邊聽說過聖劍的事情。」

「聖劍？」

擁有特殊效果的武器都統稱為魔劍，但擁有光之力的魔劍又叫做聖劍。在魔劍之中，那經常被視為特別。

「據說我國有一把由歷代王族負責管理的特別的聖劍。我沒聽說過這件事，大哥你知道些什麼嗎？」

「不，我也沒聽說過。」

不過，父親大人和大哥或許知道些什麼。

那很有可能是只有歷代國王知道的祕密。

不過，如果是這樣的話，為什麼身為外人的波狄瑪斯會知道這件事？

波狄瑪斯是滯留在我國的妖精族親善大使。

雖然我很遺憾沒有見過他本人，但列斯頓跟他的關係似乎不錯。

聽說波狄瑪斯的女兒也跟修與蘇就讀同一所學校，交情也相當不錯。

妖精是提倡世界和平，致力於慈善活動的種族。

他們不知為何跟神言教水火不容，一直都各自展開活動，所以跟姑且算是神言教一員的我沒有太多交集。

不過，妖精做的事情跟我有共通點，如果可以的話，我想跟他們打好關係。

列斯頓好像有資助妖精的活動，而且還會親自參與。

「波狄瑪斯是從哪裡聽說這件事的？」

「天曉得。不過妖精本就長壽，說不定那把聖劍早就失傳了。」

我們的祖先很久以前可能真的有一把代代相傳的聖劍，但現在大概也已經不見了。

據說妖精的壽命比魔族還要長，就算他說的是很久以前的事情也不奇怪。

「而且說不定他只是誤信了錯誤的傳聞。」

庶民總是喜歡擅自替王族捏造傳聞。

其中也有許多「某個地方的王族藏有超級厲害的寶藏」之類的傳聞。

這類傳聞大多都是子虛烏有的事情，而波狄瑪斯或許就是聽到了這樣的傳聞。

「可是，那個傳聞的內容很詳細耶。」

「是嗎？怎麼說？」

「這座城裡不是有個不通往任何地方的下行樓梯嗎？據說只要有資格的人去到那裡，門就會打開。那個樓梯謎團重重，你不覺得有這種傳聞也是一種浪漫嗎？」

列斯頓說得沒錯，這座城裡有個神祕的樓梯。

雖然那個樓梯通往地下，但盡頭只有空無一物的牆壁。

牆壁的另一側也並沒有什麼藏起來的房間。

沒人知道那個樓梯為何存在。

喜歡這種傳聞的人，就會想要加油添醋到處亂說。

只不過，知道有那個樓梯的人並不多。

因為就城堡的構造上來說，如果不穿越王族的私人領域，就無法抵達那個樓梯。

那個樓梯就位在王族私人領域內部的深處。

而平常也不會有人跑去盡頭空無一物的樓梯。

就連被允許進入王族私人領域的傭人也很少會去那裡，應該有許多人甚至不知道那裡有樓梯。

因此，這個引人好奇的樓梯，也只模糊地存在於王族的印象之中。

事實上，在提起這件事以前，我也把那個樓梯給忘了。

「不過，那裡什麼都沒有，傳聞果然是騙人的吧？」

「你竟然跑去確認……」

「因為這很有趣啊。」

看來列斯頓聽說這件事後，實際跑去那個樓梯確認過了。

不過，他什麼都沒有發現。

「對了！反正機會難得，大哥你也去試試看嘛！」

列斯頓打了個響指，彷彿這是個好主意一樣。

「既是王族又是勇者，感覺就是天選之人，說不定會有什麼事情發生！」

「沒那種事，你想太多了。」

「別這麼說嘛。大哥，你現在應該有時間吧？稍微陪我走一趟嘛。」

「唉……真拿你沒辦法。」

感覺列斯頓會一直死纏爛打，直到我願意陪他為止，讓我很快就認輸了。

如果只是這種小小的願望，我就答應這個許久不見的同父異母兄弟吧。

「很好，那我們馬上出發吧！」

「好啦。」

列斯頓踏著輕快的腳步離開房間，我一邊苦笑一邊跟著他。

我們穿越王族的私人領域，來到位在深處的樓梯。

列斯頓毫不猶豫地就跳上通往地下的昏暗樓梯。

「快點下來！」

「知道了啦。」

比實際年齡幼稚的弟弟讓我露出苦笑。

別看他這樣，其實列斯頓的腦袋很聰明。

為了讓自己不被正妃盯上，他才會故意扮演小丑，表現出這種幼稚的舉止。

一切都是為了表示他無意與大哥爭奪王位。

……只不過，這也有很大一部分是出自他的本性。

他同時兼具聰明的頭腦，以及不去壓抑旺盛好奇心，帶有童心的個性。

發動能照亮周圍的光系魔法後，我追上列斯頓的腳步。

漫長的下行樓梯彷彿沒有盡頭。

小時候我曾經跟大哥一起來這裡探險過。

我們覺得這裡肯定藏有暗門，拚命地在這裡尋找。

雖然最後並沒有找到那種東西，但在與大哥變得疏遠後，那件事就變成一段美好的回憶了。

就在我陷入感傷的時候，我們來到了樓梯最底下。

這裡就只有一面牆壁，是條死路。

「大哥！靠你了！」

列斯頓難掩興奮地叫我過去。

就算你這麼期待，也不會發生任何事情啦……

我原本是這麼想的……

「咦！」

剛才還在這裡的牆壁像是幻覺一樣消失了。

而且前方還出現了一個小房間。

「咦？不會吧？」

列斯頓嚇到了。

我也嚇到了。

小時候在這面牆壁到處找尋暗門時，我並沒有找到任何東西。

我記得當時的事情後來還被父親大人拿來調侃過，他還不懷好意地說他自己小時候也做過同樣的蠢事，結果什麼都沒找到，心情失落了好一陣子。

如果父親大人沒有騙我，那他應該也不知道這裡的事情。

「大……大發現……」

列斯頓感動到全身發抖，小聲地如此呢喃。

不過，我的視線卻牢牢釘在擺在小房間中央的東西上。

那是一把劍。

臺座上擺著一把入鞘的劍。

「那就是聖劍嗎？」

「一定是！」

列斯頓拔腿就要衝向劍。

「喂！等一下！」

但我拉住列斯頓的手，阻止他過去。

「大哥！你是要等什麼啊！」

「那裡有東西。」

我沒有看向忙著抱怨的列斯頓，依然注視著臺座。

『不簡單。』

臺座後面擺著一座精巧的白龍雕像。

那是一座跟劍差不多高的小型雕像。

我看到雕像動了一下。

『孩子，你不知道這把劍的事情，卻還是來到這裡嗎？看來你是有資格的人。』

那不是雕像！

是一頭小白龍。

可是，有別於嬌小的身軀，我能感受到牠強大的力量。

跟我過去見過的不死鳥同等級……不，還要更強！

我甚至覺得牠的實力可能不遜於迷宮惡夢。

不過，既然對方用念話向我搭話，而且還懂人話，就表示牠不是無法溝通的對象。

感覺也不像是會突然發動攻擊的樣子。

既然有辦法溝通，就應該用溝通來解決問題。

「請問你是？」

『我是光龍畢可。這把勇者劍的守護者。』

「勇者劍？」

『沒錯。』

自稱光龍畢可的龍大方地點了點頭。

『勇者啊，你有資格拿起這把劍。你想怎麼做？』

「就算你這麼問，我也不知道該怎麼回答……」

因為我不曉得那把勇者劍到底是什麼樣的劍。

不，我甚至搞不清楚現在是什麼情況。

『如果讓勇者來揮舞這把劍，雖然只有一次機會，但就算是神也能斬殺。你想用這把劍斬斷何物？』

「……那把劍真的什麼都能斬斷？」

『那是當然。』

「那我舉個例子，就算是神話級魔物也行嗎？」

『易如反掌。在這把劍面前，就連我都無力抗衡。』

龍如此斷言。

我無法看出光龍畢可到底有多麼強大。

只知道就算我向牠正面挑戰，也連萬分之一的勝算都沒有。

而那頭龍卻說，只要拿起這把劍，就能輕易將牠殺死。
如果那些話不是騙我的，那把劍到底有著多麼驚人的威力？
白色蜘蛛的身影瞬間閃過腦海。
如果得到這把劍，是不是連那個迷宮惡夢都能戰勝？
「不……」
我否認腦海中浮現的想法。
在那之後，迷宮惡夢再也不曾出現。
現在思考那種問題根本毫無意義。
因為那些被迷宮惡夢殺掉的人不會重新活過來。
『你要斬斷什麼？又要斬殺什麼人？』
「我不想斬斷任何東西，也無意斬殺任何人。」
面對光龍的質問，我果斷地如此回答。
我不會用這把劍斬斷任何東西、斬殺任何人。
「這把劍只能揮舞一次是吧？」
『沒錯。』
「那我就不能依賴這把劍。」
『有意思……』

光龍畢可興致盎然地看著我。

「犧牲一樣東西或是一個人就能得到的和平，肯定沒什麼大不了的。我不認為那樣輕易就能得到的和平有什麼價值。」

比如說，如果我斬殺了施行暴政的國王。

推翻壞國王後，那個國家或許就能得到和平。

不過也就只是這樣罷了。

即使壞國王被推翻，那個國家還是會遇到各種考驗。

他們需要一個在國王死後掌握政權的人物。

還需要輔佐那人的大臣。

也需要支撐國家的人民。

就算斬殺了壞國王，最後還是得由活下來的人們去建立真正的和平。

然後，隨著時代轉變，或許又會出現同樣的壞國王也說不定。

可是，到時候就不能再使用那把劍了。

這樣根本毫無意義。

「如果不靠自己的力量去做，並且一直堅持下去，那就毫無意義了。」

『不過，或許也有能靠著揮舞這把劍拯救的事物不是嗎？』

「這個我不否認。」

我無法不去想，如果當我跟迷宮惡夢對峙時，手裡拿著這把劍的話，結果會變得如何。

就算是這樣，我也不覺得這個世界上的不幸，只要用劍一揮就能解決。

「我是個弱者。」

我很弱小。

我已經徹底明白這個事實。

「不過，我還有支撐著我的夥伴，所以我這個弱者才能戰鬥至今。我好幾次都希望自己能夠更強，可是我想要的強大不是那種使用一次就會消失，建立在道具上的強大。」

我把手伸向圍巾。

我真正需要的，肯定是能讓人奮戰不懈的強大。

這個世界充滿不合理的事情。

我想要即使如此也不氣餒，能夠一直追求理想的強大。

所以，我不需要那種可以破壞一切的力量。

『原來如此。我很中意你！』

光龍畢可的身體突然發光了。

那道光讓我忍不住閉上眼睛，當我再次睜開眼睛時，已經到處都找不到光龍畢可了。

「你在哪裡？」

『我在這裡。』

念話傳來的方向什麼都沒有。

不，那裡還有擺在臺座上的劍。

『我附身在劍上了，你拿去吧。』

「咦？等一下，你沒聽到我說的話嗎？」

我明明都說不要了……

『我都聽到了，所以才要你把劍拿去。正是像你這樣的男人，才配得起這把劍。』

「呃……」

傷腦筋。

『我會封印這把劍的力量，而我自己也會陷入沉睡。當你需要劍與我的力量時，就呼喊我的名字吧。』

換句話說，這把劍已經確定要給我了嗎？

要是違抗光龍的意思，感覺有點可怕，看來我只能拿走這把劍了。

『如果是像你這樣的男人，或許能夠拯救神吧。』

丟下這句話後，光龍畢可就中斷念話了。

雖然猶豫了一下，但我最後還是決定把劍帶走。

也許是因為被封印了，這把劍看起來並沒有光龍畢可說的那種可怕威力。

「大哥！你真是太厲害了！」

默默看著事情發展的列斯頓感動地叫了出來。

「列斯頓，別把這件事說出去。」

雖然不好意思在他感動時潑他冷水，但我還是一臉認真地這麼告訴列斯頓。

能發揮出僅能使用一次的，足以擊敗神話級魔物的力量的聖劍。

要是被別人知道我得到了這種東西，就很難避免引發不必要的風波。

「我知道。我願意對神發誓，保守這個祕密。」

列斯頓似乎也明白這點，收起剛才那種興奮的表情，一臉認真地對神發誓。

「嗯，那我們回去吧。」

然後我們爬上樓梯，離開那個地方。

當我們走到外面，原本安置聖劍的小房間就變回了牆壁。

隔天，那把劍就掛在我腰上了。

在那之後，光龍畢可再也沒有用念話對我說話。

存在感也完全消失了，我甚至懷疑牠到底有沒有附身在這把劍上。

這把劍本身也真的就跟普通的劍一樣，完全感覺不到特別的力量。

只不過，想到不小心解放這把劍真正力量的後果，我就怕得不敢揮舞這把劍。

因此，我平常都是都是使用另一把魔劍。

雖然這樣就得隨身帶著兩把劍，但這也是沒辦法的事。
「你改練二刀流了嗎？」
在城裡和我碰面的哈林斯劈頭就這麼問。
「這是備用武器。我也想跟吉斯康一樣，多帶一把劍備用。」
「原來如此。」
我隨便找了個藉口，哈林斯也真的相信了。
都是因為有平時就隨身帶著許多武器的吉斯康這個例子，這個藉口才會管用。
「今天要去學校對吧？」
「嗯。」
聽說魔族終於出現了詭異的動向。
配合敵人的動向，我即將前往帝國。
這一去，就不知道下次回來是什麼時候了。
一旦與魔族開戰，我甚至有可能一去不回……
所以，我決定在出發前多陪家人。
昨天陪列斯頓探險也是其中一環。
我今天準備去學校，跟修與蘇見面。
當我跟哈林斯並肩前進時，一名男子從前方走了過來。

男子有著長長的尖耳朵。

他是妖精。

在這個國家，能進到城裡的妖精就只有一個。

這人就是跟列斯頓有交情的波狄瑪斯嗎？

「這是……」

波狄瑪斯在我們面前停下腳步，用打量的眼神看著我們。

他的視線先是停在掛在我腰間的聖劍上，接著又看向我身旁的哈林斯。

「……哼。算了。」

小聲丟下這句話後，波狄瑪斯就從我們身旁走過了。

「……他那是什麼態度啊？」

看著波狄瑪斯的背影，哈林斯如此說道。

面對身為王族的我，那種態度確實很沒禮貌。

只不過，如果要論禮貌的話，我應該也沒資格說別人。

因為我一直惡狠狠地瞪著波狄瑪斯。

為什麼我會擺出那種態度，連我自己都不明白。

我只是本能地察覺到，唯獨那個男人，我得要提防。

「我要向列斯頓與父親大人進言，請他們重新思考是否該與那個男人往來。」

「是、是喔……」

平常都不會在意別人禮不禮貌的我難得擺出不客氣的態度，讓哈林斯感到困惑。

連我自己都對心中這股毫無根據的鬱悶感到困惑。

可是，就只有那個男人，我絕對要提防。

絕對要。

「哈林斯。」

「什麼事？」

「萬一……萬一我死了，而你活了下來，就麻煩你把這把劍交給列斯頓。」

為什麼要說這種話，連我自己都不明白。

我只是覺得不說不行。

「喂喂喂……別說這種不吉利的話啦。」

「嗯，我當然不打算比你先死。我只是覺得一定要先跟你交待這件事。」

「放心啦，我之前也說過了吧？你就算要死，也得排在我後面。所以，我不答應你的要求。」

「嗯，你說得對。」

也許是因為那個男人給我一種莫名不祥的感覺，讓我的想法變得有些悲觀了吧。

抵達學校後，我跟哈林斯在會客室等待修與蘇的到來。

「大哥！」

沒多久後，修就衝進會客室了。

蘇安靜地跟在後面走了進來，輕輕把門關上。

那種態度讓我覺得不太對勁。

雖然只要別跟修扯上關係，蘇原本就是個文靜的女孩，但她以前有這麼安靜嗎？

「修、蘇，好久不見。」

「好久不見！」

「嗯。」

我先打了聲招呼，修看起來很開心，但蘇只隨便應了一聲。

「哈林斯先生也好久不見了。」

「是啊。才一陣子不見，你又長大了呢。」

修也出聲問候哈林斯。

彷彿在說我才是今天的主角一樣，哈林斯只問候了一句就退到後面。

「最近過得好嗎？」

「很好。」

修曾經在這間學校被捲入暗殺未遂以及被竜襲擊的事件。

雖然我聽到消息時擔心得要死，但看來他現在似乎很享受校園生活。
「蘇呢？」
「嗯。」
雖然我也把話題拋給蘇，但她還是一副愛理不理的樣子。
「蘇，妳是不是沒什麼精神？」
「沒有。」
雖然她搖頭否認，但樣子果然不太對勁。
「不用擔心我。」
「……要是遇到什麼困難就直接跟我說，不用客氣。」
「嗯。」
蘇用快哭出來的表情點了點頭。
「修，你要好好照顧蘇喔。」
「我會的。」
修似乎也有發現蘇的異狀，一臉認真地點頭。
「雖然剛才那麼說，但我之後必須前往帝國，所以你要好好照顧妹妹。」
「帝國……果然是因為魔族嗎？」
看來魔族動向詭異的風聲也傳到學校這邊來了。

「嗯，所以我也不知道下次回來會是什麼時候。」

「雖然我不擔心大哥，但還是請你多加小心。」

修看我的眼神充滿信心，讓我有些難為情。

因為我並沒有修所想的那麼厲害。

「我們一定要跟魔族開戰嗎？」

修的表情蒙上一層陰影。

「為什麼魔族那麼想發動戰爭？我實在不懂。」

「你說得對。」

我也一樣不想戰鬥。

儘管修擁有可說是天才的才能，卻成長為一個討厭戰鬥的溫柔孩子。

雖然我希望他能過著用不到那種才能的生活，但我明白那是很困難的。

「我不清楚魔族發動戰爭的原因。」

我的腦海中浮現出那位女魔族吶喊著她無法違抗魔王的身影。

魔族應該也有戰鬥的理由吧。

「不過，如果他們要踐踏我們的和平生活，那我也只能挺身對抗。」

不管怎麼樣，我們只能一戰。

「如果不用戰爭就能解決，當然是再好不過。最好是能夠跟魔族和解，不過這種事情很難辦到，現實就是如此。」
修悲傷地垂著眼。
「可是，如果把這當成藉口，那我們就永遠無法向前邁進。」
「咦？」
絕大多數人應該都會說我天真吧。
他們會嘲笑我吧。
就算是這樣……
「就算是作白日夢也行，就算別人要說那是不可能實現的胡言亂語嘲笑我也行。可是，把那當成目標不該是件壞事。大家都能笑著過活的和平世界，我會一直追逐這個理想，至死方休。」
「大哥……」
「！」
聽到我這麼說，蘇一副難以忍受的樣子，衝出了房間。
「啊！蘇？」
修驚訝地回頭一看。
「快去追她。」
蘇剛才的模樣並不尋常。
她肯定需要修的幫助。

「可是……」

也許是因為接下來會有一陣子見不到我，修顯得有些猶豫。

「等到情況穩定了，我會再來找你們。」

「……我們說好了喔！」

「嗯，下次再見。」

「再見！」

修追著蘇離開房間。

「道別的時間還真短呢。」

「沒關係，只要下次見面時待久一點就行了。我們約好了，我一定會再次回到這裡。」

看到哈林斯無奈地聳聳肩膀，我懷著決意如此回答。

「是啊，說得也是。就這麼辦吧。」

「我們大家要一起再回來這裡。」

重新下定決心後，我離開學校。

我不想戰鬥。
可是，也有不得不戰鬥的時候。
為了真正的和平。
「出發吧。」
為了親手贏得世界和平，戰鬥吧。

我不想戰鬥。
可是，也有不得不戰鬥的時候。
為了真正的世界和平。
「出發吧。」
為了親手贏得世界和平，戰鬥吧。

王國曆856年
尤利烏斯22歲
人魔大戰爆發

年表

王國曆	
834年	第三側妃生下亞納雷德王國第二王子尤利烏斯。
840年	尤利烏斯就任勇者。
841年	第三側妃生下亞納雷德王國第四王子修雷因。 第三側妃死亡。
842年	薩多那的悲劇發生，尤利烏斯與迷宮惡夢戰鬥。 在蓋倫家領地防衛戰中，尤利烏斯協助防禦，對戰白色蜘蛛大軍。 尤利烏斯投師羅南特。
843年	尤利烏斯接受羅南特的訓練，受了半死不活的重傷。
844年	亞娜被內定為聖女。
845年	由神言教主導的人口買賣組織討伐隊成軍。 亞娜正式就任聖女。 哈林斯成為尤利烏斯的隨從。
846年	討伐隊展開活動。 吉斯康與霍金加入討伐隊。
847年	修雷因與蘇蕾西亞參加鑑定之儀。

848年	迪巴死亡。 討伐隊解散。 尤利烏斯與哈林斯、亞娜、吉斯康、霍金等人一同討伐各地的魔物與盜賊。
849年	尤利烏斯同行不死鳥的遷徙。
850年	尤利烏斯落入魔族的陷阱受到襲擊，但還是勉強擊退敵人。
851年	尤利烏斯討伐土精。 尤利烏斯在艾爾羅大迷宮成功討伐一隻惡夢殘渣。
852年	尤利烏斯成功討伐上位火竜。
853年	尤利烏斯掃平魔物氾濫的歐基地下城。
854年	尤利烏斯殲滅在西方卡古拉大森林異常進化增殖的魔物大軍。
855年	尤利烏斯在亞納雷德王國的密室裡得到勇者劍。
856年	人魔大戰爆發。

後記

今天的節目要開始了，我是負責轉播與其他所有工作的馬場翁。

是的，來到第11集了。

11就是所謂的純位數。

人類不知為何很喜歡純位數，總是能從中找出許多價值。

我自己遇到純位數也會覺得興奮。

而且這個值得紀念的純位數集還是在令和元年出版，給人一種相當吉利的感覺。

可是，如果想讓作品集數達成純位數，就得先突破二位數的大關。

而下一個純位數集是第22集，必須出兩倍的集數才能達成。

我想在達成下一個純位數以前，這部作品應該就會完結了。

如果沒有完結的話，在第22集的後記，這肯定會變成一個哏吧。

我要不要乾脆把目標訂為在純位數集完結故事？

身為一位作家，總覺得在純位數集，或是剛好告一段落的5的倍數集完結故事，是一件很帥氣的事情。

話雖如此，但我覺得在達成純位數的第22集完結故事，是不太可能實現的目標。
畢竟我不確定故事能不能延續到下一個純位數。
11，純位數。

好的，這本第11集，跟前面十集完全不同。
之前也時常出現故事風格與結構不同於其他幾集的狀況。
但是，應該沒有任何一集比第11集還要明顯異於整部作品了吧。
雖然這部作品突破二位數大關，還達成純位數集成就，但卻出現了令人意想不到的狀況。

主角幾乎沒有登場。

書名裡的蜘蛛元素跑到哪裡去了？
蜘蛛元素實在太少，我甚至想過是不是該把這一集的書名改掉比較好！
這個作者到底幹了什麼好事啊？
是的，作者就是我。
事情就是這樣，這一集的主角是轉生者俊的哥哥——勇者尤利烏斯。
雖然前面也曾經以其他角色的視角敘事，但這還是頭一次整集都從其他角色的視角推動故事。

而且那人不是主角身邊的人物，而是在地理上與立場上都距離主角很遠的尤利烏斯。

我覺得正因為他不是主角身邊的人，才能看到從主角的視角無法描述的事情，還有雖然主角知道，但其他人不知道的事情，以及主角自己不知道的事情。

還有就是最後那一幕！

多虧了責編W女士和輝竜老師的努力，那一幕才得以完成。

接下來是致謝時間。

我要感謝這次也畫出美麗插圖的輝竜司老師。

只要是把這一集看到最後的讀者，應該都知道最後那一幕有多棒。

太棒了！太美了！真的很感謝老師！

我還要感謝負責繪製漫畫版的かかし朝浩老師。

在預定同時發售的漫畫版第七集中（註：台灣版已發售），在小說版也大為活躍的羅南特爺爺又要胡言亂語了。

在小說裡看不到的人物表情都畫得讓人萬分佩服。

然後，我還要感謝負責製作動畫的所有人。

動畫正在努力製作，請大家期待後續消息。

我還要感謝以責編W女士為首，為了讓這本書問世而提供了協助的所有人。

以及所有拿起這本書的讀者。
真的非常感謝大家。

最終亞瑟王之戰 1~2 待續

Kadokawa Fantastic Novels

作者：羊太郎　插畫：はいむらきよたか

以凜太朗為籌碼，
新的一戰開始了！

凜太朗和瑠奈遇到了新的亞瑟王繼承候選人，而她竟然是凜太朗曾經教授過戰鬥方式的弟子艾瑪．米歐爾。面對侍奉艾瑪的「騎士」蘭馬洛克卿，屈居劣勢的瑠奈竟賭上凜太朗，和瑠奈展開一場王者格局的較量——

各 **NT$250/HK$83**

關於我轉生變成史萊姆這檔事 1~13.5 待續

Kadokawa Fantastic Novels

作者：伏瀨　插畫：みっつばー

不斷擴大的《轉生史萊姆》世界！
超人氣魔物轉生幻想曲官方資料設定集第二彈上市！

《轉生史萊姆》官方資料設定集第二彈堂堂登場！本集詳盡解說第九集之後的故事、登場角色、世界觀等，同時收錄限定版短篇以及伏瀨老師特別撰寫的加筆短篇「紅染湖畔事變」！此外還有插畫みっつばー老師和岡霧硝老師的特別對談！書迷絕不容錯過！

各 **NT$250~320/HK$75~107**

世界頂尖的暗殺者轉生為異世界貴族 1 待續

Kadokawa Fantastic Novels

作者：月夜涙　插畫：れい亜

重生後的「傳奇暗殺者」在異世界開無雙！
突破極限的刺客奇幻故事揭幕！

世界第一的暗殺者投胎成了暗殺世家的長男。他在異世界接下的任務只有一項——「殺了被預言會帶給人類災厄的『勇者』」。「有意思，沒想到投胎後還是要做暗殺這檔事。」為完成這項高貴任務，暗殺者帶著美麗的隨從們於異世界暗中活動！

NT$220/HK$73

國家圖書館出版品預行編目資料

轉生成蜘蛛又怎樣！/ 馬場翁作；廖文斌譯. -- 初版.
-- 臺北市：臺灣角川, 2020.04-
　冊；　公分. -- (Kadokawa fantastic novels)
譯自：蜘蛛ですが、なにか？
ISBN 978-957-743-685-6(第10冊：平裝). --
ISBN 978-957-743-924-6(第11冊：平裝)

861.57　　　　109001880

Kadokawa Fantastic Novels

轉生成蜘蛛又怎樣！ 11

（原著名：蜘蛛ですが、なにか？ 11）

2020年8月5日 初版第1刷發行
2021年9月15日 初版第4刷發行

作者：馬場翁
插畫：輝竜司
譯者：廖文斌

發行人：岩崎剛人
總編輯：蔡佩芬
編輯：蘇涵
美術設計：李思穎
印務：李明修（主任）、張加恩（主任）、張凱棋

發行所：台灣角川股份有限公司
地址：104台北市中山區松江路223號3樓
電話：（02）2515-3000
傳真：（02）2515-0033
網址：www.kadokawa.com.tw
劃撥帳戶：台灣角川股份有限公司
劃撥帳號：19487412
法律顧問：有澤法律事務所
製版：巨茂科技印刷有限公司
ISBN：978-957-743-924-6